ドラゴンズロアの魔法使い

竜に育てられた女の子

Wizard of Dragon's Roar

鏑木ハルカ
ill. 和狸ナオ

「…………人間？」
「これもひとつの縁か――
見捨ててもいいが……」

大いなる竜と
小さき赤子の運命の出会い。
その夜、ひとつの家族が始まった。

「そうよ！　人間の国に行けばいいのよ！」
スピカ
ティスピン
「人間の国にお引越しするんです？」

ラキ
「なら条件がある
俺も一緒に行く」
竜の棲む魔境から出て
人間の国へお引越し！
憧れの街ではどんな生活が
待っているの？

「滅竜撃砲！」

「ハ？」
✦精霊王ゴエティア✦
この少女、超ドラゴン級!!
精霊の王さえビビる
破格の必殺拳!!

CONTENTS

Wizard of Dragon's Roar

Presented by
Haruka Kaburagi &
Nao Watanuki

ドラゴンズロアの魔法使い
～竜に育てられた女の子～

鏑木ハルカ

GA文庫

キャラクター紹介
スピカ
危険なドラゴンであるラキを監視するドラゴン。彼と共にティスピンを育てた。
ラキ
捨て子だったティスピンを育てたドラゴン。ティスピンに対してかなり過保護。
ティスピン
辺境大陸でドラゴンに拾われて育った女の子。精霊魔術を習得するため人間の街へやってきた。育ての親の英才教育の賜物で、常識外れの戦闘力を持っている。
[イラスト] 和狸ナオ
Wizard of Dragon's Roar

✦リタ✦

ティスピンの通う学校でできた友だち。三人のなかで一番背が高い。

✦エミリー✦

ティスピンが街で最初に友だちになった女の子。彼女の強さにびっくり。

✦ロニー✦

ティスピンが街で出会った商人の男。不思議な縁がある。

✦コロン✦

ティスピンの通う学校の先生。生徒より背が低い可愛い先生。

✦ディア✦

ティスピンが街で出会った謎の占い師。その正体とは……?

✦ゴエティア✦

火の精霊王。竜の放つ気を嫌い、ティスピンを敵視する。

序章 ✦ 中央辺境の捨て子とドラゴン

中央辺境。そう言われると、矛盾に首を傾《かし》げる者もいるだろう。

しかしこの世界に関しては、それは紛《まぎ》れもない事実だった。

かつて『あった』とされる、創世神と破壊竜の戦い。

その結果、一つの大陸は五つに分かたれた。

大陸は中央の大陸と、東西南北に囲むような大陸の、五つの形で分断されていた。

やがて北の地は獣人たちが、南の地は魔人たちが、西の地は亜人たちが、東の地は人間たちがその領域とする。

しかし唯一、中央には危険な魔獣やドラゴンたちが住み着き、人跡未踏の地となってしまっていた。

そんな中央大陸の東端にある海岸で、奇妙な光景が広がっていた。

長く広い海岸。寄せてくる波は穏やかで、人がいるなら良い観光地になったはずだ。

今にも降ってきそうな満天の星と相まって、一枚の絵画のような美しい光景である。

Wizard of Dragon's Roar

しかしそこに、異様な巨大生物が横たわっていた。

山と見紛《みまご》うほどの巨体。黒光りする鱗《うろこ》。鋭い爪《つめ》や牙《きば》、そして角。

鱗一枚が家屋の扉のような大きさであり、牙一つが人間の背丈ほどもある。

この光景を目にする者がいれば、一目でそれはドラゴンと見抜いた事だろう。

そのドラゴンは、まるで犬が地面に伏せるかのような体勢を取り、海岸に打ち捨てられていた小さなかごを覗《のぞ》き込んでいた。

「…………人間？」

唸《うな》るような声で、巨大なドラゴンが顎《あご》を地面にぺたりとつけ、目の前で猫のような泣き声を上げる赤ん坊を見て、困惑していた。

「こんな場所で？　魔獣に見つかると、骨も残らず食われてしまうぞ？」

ぶつくさと独り言を唸るドラゴン。

このドラゴンが言う通り、本来なら、このような子供は生き延びられるはずもない。

しかし幸か不幸か、このドラゴンが通りかかったことで周囲の魔獣は息を潜め、遠巻きに眺めるだけだった。

「見捨ててもいいんだが、さて？」

しばし思案するように大きく息を吐く。

その唸りに恐れ戦《おのの》き、臆病な魔獣たちは逃げ去っていく。

「まぁ、これもまた一つの縁か。どれ」

ドラゴンは産着にくるまれただけの赤ん坊に巨大な爪を伸ばす。

はたから見れば、それは赤ん坊を捻《ひね》り潰《つぶ》そうとしているようにも見えただろう。

しかしその爪は、虹色に光る壁によって妨げられてしまう。

「やめなさい」

「む？」

美しい女性の声とともに、もう一頭のドラゴンが舞い降りてくる。

こちらは先の黒ずくめのドラゴンと違い、澄んだ空のような美しい色彩をしていた。

ただし、サイズは先のドラゴンと比べるまでもなく、小さい。

それでも、虹色の壁を生み出した力から、非凡な能力を持っていることが窺《うかが》えた。

黒いドラゴンは、自分の爪を止められたことに、不快そうな声を漏《も》らす。

「なにをする、スピカ」

「ラキ。そんなバカでかい爪でつまんだら、赤ちゃんが潰れるでしょう？」

ラキと呼ばれた巨大なドラゴンの抗議に、スピカと呼ばれたドラゴンは非難の声を滲《にじ》ませて咎《とが》める。

その感情が周囲に伝播したのか、踏み止まっていた近隣の魔獣たちすら一斉に逃げ出していく。

それほどスピカの苛立《いらだ》ちが恐ろしかったのだろう。唯一、赤ん坊を除いて。

「きゃっ、きゃっ！」

ラキの暢気《のんき》さに悶《もだ》えるスピカを、赤ん坊は面白《おもしろ》そうに見上げ、歓声を上げていた。

あまつさえ、その小さな手をスピカに伸ばし、琥珀色《こはくいろ》の瞳《ひとみ》を見開いて歓声を上げている。

その様子に、ラキは感心した声を漏らした。

「スピカを間近で見て、なお笑うか。こいつは大物になるな」

「私はそんなに怖い存在じゃないわよ。そんなことよりこの子をどうするの？」

マイペースなラキを放置して、スピカは軽く唸りを上げる。

それが合図だったのか、ドラゴンの身体《からだ》はわずかに光を放ち、次の瞬間には人間の女性へと変化していた。

歳《とし》の頃《ころ》は二十歳かそこら。まだうら若い女性の姿に。簡素な衣服すらドレスに見えるほど、飛び抜けた美貌《びぼう》を持っている。

「ほら。ラキも人の形を取りなさい。そのサイズだとこの子が潰れちゃうでしょ」

「ああ、なるほど」

ようやくスピカの苛立ちの原因に思い至り、ラキも同様の唸りを上げて人の姿になる。

こちらも二十歳程度の青年の姿。ただしスピカのように明確な美形というわけではなく、どこかヤボったい印象を受ける。

もっとも、顔や体の造形自体は、非常に優れていたのだが。

ともあれ、そうして初めて、赤子を抱き上げることができた。

「その子をどうするつもり？　別に食うつもりはないでしょうけど」

「これもなにかの縁だ。暇潰しに育ててみようと思う。少し考えもあるしな」

「あなたが？　子育て？」

「ダメか？」

「ダメというよりムリでしょ」

深々と嘆息《たんそく》して腰に手を当てるスピカ。その様子にラキはしばらく思案し、はたと気付いて手を打った。

同時に赤ん坊が彼の手から落ちる。それをスピカは慌《あわ》てて抱き留めた。

「なにしてんの！」

「あ、すまん。うっかりしてた」

「そのガサツな性格で子育てなんて無理でしょ。私が手伝ってあげるから」

「お前が？」

ラキの知る限りでは、スピカは非常に忙しい生活を送っていたはずだった。

その詳細までは知らないが、日々忙しそうに飛び回っていた姿は目にしている。

「そうよ。これもあんたの情操教育の一環と思えば、悪くないでしょ」

「人を子供みたいに扱うな」

「人じゃなくてドラゴンでしょうが」

「そういうのをあげ足を取ると言うんだ」

「私が言いたいのは、あんたのそのガサツで粗忽《そこつ》な態度のことよ！」

姦《かしま》しく言い合う二人だが、赤ん坊はその様子にむずがるでもなく、楽しそうに笑い声を上げていた。

しかし、唐突にむずがるような声を上げて、二人の注意を引く。

その様子に気付いたラキたちは、その存在を思い出し、慌てて赤ん坊の顔を覗き込んだ。

よく見ると、スピカの胸元《むなもと》に手を伸ばし、そこに吸い付こうとしている。

その様子を見て、スピカは慌てた。

「待って待って。私は乳とか出ないから！」

「ドラゴンだからな」

「冷静に指摘してる場合？」

「ふむ、まずは飯が必要だな」

「その前に家でしょ。こんな場所にいたら風邪《かぜ》をひいちゃうわ。人間の赤ん坊はすぐ死んじゃうんだから、過保護なくらいがちょうどいいのよ」

「そうなのか？　では、ちょっと建材になりそうな木材を集めてくる」

幸いにして、この広い海岸から少し離れた場所には鬱蒼《うっそう》とした森が広がっていた。木材を集めるのはすぐに済む。

問題はそれを乾燥させないと、すぐには建材として利用できないということなのだが、この二人にはその知識がなかった。

決して無知というわけではない二人なのだが、専門の知識にはやはりかなわない。

ドラゴンの剛腕を活かし、木々をへし折り、蔦《つた》で組み合わせ、爪で木材を抉《えぐ》って形を整えていく。

その間スピカは赤ん坊を温めるために火を熾《おこ》し、乳に近い果汁を持つ木の実を確保していた。

本来なら専用の工具や鋼製の刃物が必要になるほど堅い果実の皮を、指一つで穴を空け、赤ん坊に飲ませていく。

そうして赤ん坊が満足した頃、ラキの小屋が完成した。

「ラキ、これ小屋？」

「そのつもりだが？」

「曲がった木を組み合わせて壁にするんじゃないわよ。隙間《すきま》だらけじゃない」

「上から押せば直る。きっと」

「やってみなさい」

「まかせろ」

スピカの挑発を受け、ラキはドラゴンの姿へと戻り隙間を無くすべく軽く押す。

その結果は言うまでもなく、見事にぺしゃんこに潰れてしまった。

「ハア……論外ね」

「作り直せばいいのだろう！　というか、お前も手伝え」

「私が手伝ったら、赤ん坊の世話は誰が見るのよ！」

またしても巻き起こる論争に、赤ん坊が再び歓声を上げる。

それどころか、自分も参加すると言わんばかりに合いの手らしきものを入れ始めていた。

その様子に気付いて、ラキとスピカは互いの顔を見合わせる。

「本当に肝《きも》が据わっているわね、この子」

「俺《おれ》の姿にも怯《おび》えないのは、確かにすごいな」

赤ん坊に毒気を抜かれた二人は口論をそこでやめ、互いの作業へと戻っていった。

数日後、どうにか粗末《そまつ》な小屋が出来上がり、その出来栄えを巡って再びケンカをすることになるのだった。

第一章 ✦ 精霊魔術の学び方

Wizard of Dragon's Roar

窓から差し込む朝日を浴びて、わたしは目を覚ました。

見慣れた粗末《そまつ》な小屋の中。そもそも専門の大工に作ってもらったわけでもないので、それは贅沢《ぜいたく》というものだ。

なによりここではわたし以外の人間を見たことがない。少なくとも、ラキから与えられた本で読んだ『人間』という存在は、わたし以外にいなかった。

いるのは人間の姿をした自称ドラゴン二匹と、容赦《ようしゃ》なく襲い掛かってくる魔獣たちだけ。

生活に必要な必需品は、そのドラゴンの一頭であるスピカさんが別大陸から買い付けてきてくれる。

「んー、少し小さくなってきたかな？」

パジャマから部屋着に着替えると、少しだけ袖口《そでぐち》から延びる手が長く見えた。

自分が成長していると実感できて、にんまりと笑みが浮かぶ

といってもすぐに買ってきてもらえるわけでもないので、しばらくはこの服で我慢するしかない。

「ラキは……また酒蔵かな?」

わたしを育ててくれたラキというドラゴンは、なぜか酒造りに夢中になっているらしい。

わたしを拾ったのも、酒のために使う穀物を買い付けてきた帰りだったそうだ。

繊細な時期のわたしに、お前は捨て子だったと容赦なく口にするラキには、もうちょっとデリカシーを持ってほしい。

そんな不満を抱えていると、クゥ……とお腹《なか》が鳴った。

どんな時でもお腹は減る。

「倉庫になにがあったかなぁ?」

朝食を作るのはわたしの仕事だ。ラキに作らせると人が食べられるギリギリの謎《なぞ》の物体が食卓に並ぶことになる。

わたしが料理を覚えるまでは、スピカさんが毎日作りに来てくれていた。

忙しい人(?)らしいのに、わたしのために時間を割いてくれたのだから、本当に頭が上がらない。

「お野菜はある、なにかの卵はある、謎のお肉はなぜかいつもある……」

倉庫の中にはスピカさんが買い付けてきてくれた食料の他《ほか》に、ラキが狩ってきた魔獣の肉なども入っている。

なぜかラキは、毎食この謎の肉を食卓に出すように、必ず要求していた。

そして倉庫に一番大量にあるのも、この肉である。

「お、起きていたのか、ティスピン」

わたしの名を呼びながら、頭を掻《か》いて小屋に入ってきたのは、言うまでもなく保護者のラキである。

埃《ほこり》や髪が醸造樽《じょうぞうだる》に落ちないようにかぶっていた頭巾を外し、蒸れていたのかガシガシと頭を掻いていた。

そのたびに髪型が崩れ、ぼさぼさになっていくのが本当にもったいない。

きちんと身なりを整えれば、かなりの美青年に見えるのに。

「おはよう、ラキ。ご飯はもうちょっと待ってね。今お肉焼いちゃうから」

「別に急がなくてもいいぞー」

そもそもドラゴンであるラキには、あまり食事も必要がないらしい。

大気中の魔力をそのまま体内に取り込み、活動エネルギーに変換できるのだとかなんとか？

わたしもその技術が欲しいと思ったのだけど、子供は食べて育つものだと、ラキとスピカさんに叱られてしまった。

あと、ラキもスピカさんも、自分たちのことは名前で呼ばせる。

幼い頃《ころ》は両親だと思い込んでおり、『パパ』、『ママ』と呼ぼうとした頃があったらしいが、ラキが名前で呼ぶことを強く要求して、現在のようになっている。

なぜそう呼ばせることにこだわったのかは、いまだに不明。

そんなことを考えながら、謎の肉を薄めに切り分け、それをフライパンに乗せてからかまどにのっける。

このフライパンはなにか加工がされているらしく、油を引かなくてもまったく焦《こ》げ付かない。

問題は謎の肉の方で、こちらは普通の肉が焦げるほどの火力で焼いても、なかなか火が通らない不思議な肉質をしていた。

そのくせ一切れ食べれば数日は食べなくても持つくらい、栄養価が高い。

「お肉に火を通すから、火種ちょうだい」

「まかせろ」

かまどに積まれた薪に向けて、ラキが軽く息を吹きかける。するとラキの口から火が噴き出し、薪が勢いよく燃え始めた。

この肉を焼くには、ラキのブレスが必要なほど火力が必要なのだ。

「お肉の他はパンとサラダだけでいい？」

「肉が入っているなら、ティスピンが食べたいものを食べていいぞ」

「食べたいものって、ここじゃ倉庫の中にしかないじゃない」

「果物が食べたいなら、連れてってやるぞ？　採るのは自分でやってもらうが」

「ラキって意外とスパルタだよねぇ」

この大陸にある美味しい果物といえば、吸血大樹の果実とかがすごく美味《おい》しい。

ねっとりとした甘みのある果実で、そのままでも美味しいけどスライスして火を通すとさらに甘みが増す。

しかし吸血大樹はその名の通り、触手で獲物を捕らえて血を吸ってくるので、実を取るのも命がけだ。

もっとも、今ではわたしも成長しているので、それほど苦戦はしない。

「今のティスピンなら余裕だろう？　それにしても、もう十年になるのか」

「十年じゃ済まない時間を生きてる気がするんだけど？」

ラキは見かけによらずスパルタだ。わたしがこの大陸で生きていくために、様々な教育や鍛錬を施してくれている。

その習得が遅れた場合、時間の流れを遅くする『技』を使ってまで鍛錬させるので、わたしの生きてきた時間は体感では十年を軽く超えている。

本で読んだことのある、老幼女という立ち位置なのだろうか？

「生きてきた時間は十年だろ。俺《おれ》に比べればまだまだ子供だよ」

「ラキと比べられても」

ラキはドラゴンだけど、ただのドラゴンではないっぽい。偉いドラゴンらしいスピカさんと対等に話せるくらいの古株らしい。

それだけに彼が生きてきた時間というのは、わたしでは計り知れない。

本人に何歳か聞いても、覚えていないの一点張りだったし。

ラキと世間話をしている間に、目の前のお肉がジュウジュウと焼け始め、美味しそうな匂《にお》いが漂ってくる。

薄くスライスしたつもりではあるが、わたしの刃物捌《さば》きではそれほど薄くできるわけでもなく、ちょっとしたステーキのような厚さがある。

適当に火が通ったところで皿に取り上げ、倉庫から持ち出した野菜を毟《むし》っただけのサラダと、塩気の強いパンを一緒にテーブルに並べた。

「それじゃ、いただきまーす」

「おう、いただきます」

席に着いてさっそくパンに手を取る。

スピカさんが買ってきてくれたのは日持ちのする塩気の強いパンなので、それ単体ではあまり美味しくない。

しかしこのパンをスライスして、肉やサラダを切り分けて挟んで食べると、すごく美味しくなる。

わたしもラキも、その食べ方を知っているので、パンをナイフでスライスしてから肉を挟む。

「ティスピンは料理ももっと勉強させるべきだったか？」

「これでも美味しいじゃない？」

「話に聞く人間の女というのは、もう少し凝った料理を作るそうだぞ」

「知識にない料理は作れません」

「スピカに習ってみるか？」

「スピカさんなら作れそうだけど、そのために呼びつけるのも可哀想《かわいそう》かも」

スピカさんはドラゴンたちを指導する立場にあるらしく、毎日が忙しそうだった。

わたしが幼い頃は無理をして通ってきてくれたが、今は最低限の生活を営める程度になっている。

そんな状況で彼女を呼びつけ、無理をさせるのは申し訳なかった。

食事中も会話は止まらず、ラキはわたしに尋ねてきた。

「そうか？　スピカに会いに行くついでに山登りでもしようかと思っていたのだが」

「わたしも？」

「そうだ。山登り、好きだっただろう？」

確かに山登りは好きだった。ただしそれは、ラキの激しすぎる訓練が休みになるからだ。

それも山登り自体が訓練と変わらないと理解すると、自然と足を向けなくなっていた。

「山は空気も美味しいし」

「空気が美味しいというか、標高が高すぎて空気が薄いんですけど？」

スピカさんたちドラゴンが住む山は、この中央辺境大陸でもっとも高い山だ。

一万メートルに迫る山を登ると、息すら満足にできないほど空気が薄くなる。

そもそも森の中だって、空気は美味しいのだ。

「景色もいいし」

「その景色の中に、ドラゴンがいっぱい飛び交う光景っていうのはどうだろう？」

ドラゴンたちが住む山だけあって、とにかくドラゴンがあちこちで飛んでいる。

下の方ではワイバーンなどの下位亜竜種なども多い。こいつらは容赦なくわたしたちに襲い掛かってくるので厄介《やっかい》だった。

「い、いい運動になるし……」

「いつもの訓練だけで充分じゃない？」

時間の進みを遅くしてまで、わたしの訓練は進められている。

おかげでこの辺境でも充分生きていけるだけの戦闘力と知識を得られていた。

次々とラキの提案を論破していくと、ラキはテーブルに突っ伏すようにうなだれていた。

軽く右手を上げているのは、降参の合図だ。

「ティスピンは口が回るようになったな」

「知恵がついたと喜んでくれないかな？」

「知恵ねぇ……そういえば精霊魔術の習得具合はどんな感じだ？」

「んー、相変わらず、いまいち」

精霊魔術とは、一般的な人間が使っているらしい、主流となる魔術系統だそうだ。

地水火風と光と闇《やみ》の六種の精霊の力を借りて使う魔術で、現状もっとも系統立っていて、効率がいい……らしい。

わたしはその魔術の才能が無いのか、精霊魔術であまり強い効果を発揮できずにいた。

「また時間を停滞させてやろうか？」

「勘弁して。あれやると周囲との時間のずれをすごく感じるのよ」

確かに、実際時間では短時間で習得できる。しかしその短い時間の中で、わたしは何年も訓練しているのだ。

おかげでスピカさんと一日振りに会ったのに、何年も会ってないような気がして、懐《なつ》かしくて泣き出してしまったことがあった。

「そうか？　ならまだやらないでおくか」

「『まだ』って……そのうちやる気？」

「当然。人間にとって精霊魔術は効率はいいからな。それに人間が敵に回った時に精霊魔術の知識がないと困る。覚えておいて損はないだろ」

ラキのスパルタ振りにわたしは思わず嘆息《たんそく》する。とはいえ、この心配はわたしのためでもある。

この大陸で生きていくには、持てる手札は多い方がいい。

人間が敵に回るという状況も、わたしが人間のいる世界に出れば、あるかもしれない。それにこの大陸に人間が攻め込んできたという昔話もあるらしいので、人間が敵になるという可能性は皆無ではなかった。

なにより、人間の世界を見てみたいという好奇心を、わたしは持っている。

「まぁ、どうしても覚えられなければ、そのうちにお願い」

「その時はまかせろ」

胸を叩《たた》いてパンをかじるラキだったが、わたしとしては朝から苦手科目という気が滅入《めい》る話題である。

しょんぼりと肩を落として肉を挟んだパンにかじりついた。

「おはよう、ラキは起きてる？」

「あ、おはようございます。スピカさん」

その時、スピカさんがノックもせず小屋に踏み込んできた。

彼女も多少傍若無人《ぼうじゃくぶじん》な傾向はあるが、少なくともラキよりは常識的だ。

「お前か。今はティスピンの教育方針で話し合っている最中だ。用事が無いなら帰れ」

「用件も聞かずに追い返すとか、容赦ないわね。教育方針《ドラゴン》って？」

彼女はある意味、わたしにとっては母代わりの人物である。

彼女もわたしの教育については、相応に熱心であった。

「わたしが精霊魔術が苦手な点についてですよ」

「あー、あれね。いい先生がいないから、しかたないかもねぇ」

大抵のことはできてしまうラキやスピカさんたちだが、精霊魔術は苦手だった。

その影響か、わたしも精霊魔術が苦手である。

とはいえラキたちとは違いわたしは人間で、適性としては精霊魔術の方が高いはずだった。

それなのに精霊魔術が使いこなせないということは、なんとなく自尊心を傷つけられた気がする。

「うーん、原因はなんだろ？　なんだか、この周辺って精霊が少ないのよね」

「いくつか推測はできんことはないが……」

「例えば？」

「『アレ』のせいとか」

ラキが言う『アレ』とは、ドラゴン族特有の『技』のことだ。

わたしはこの辺境で暮らすため、自衛の手段としてその技術をいくつか習得している。

それが原因というのは考えたことがなかった。

「精霊とドラゴンは相性が悪いからな。ひょっとしたらティスピンは、その技を受け継いだから精霊に敬遠されているのかもしれん」

「敬遠？　忌避《きひ》されているわけじゃなくて？」

「ああ。ほら、仮にも魔術は起動しているから、完全に嫌われているわけではないと思うんだ」

「あー、そういえば使えないわけじゃないのよね」

わたしの使う精霊魔術は、発動しないわけではなく、効果が非常に少ないことが問題だった。

火球の魔術を使えば、火種を起こす初歩の生活用の魔術と大差ない効果しか発揮できない。

他にも暴風を起こす魔術を使えばそよ風しか起きず、水の弾を叩きつける魔術を使えば井戸のポンプ程度の勢いしか出せない。

攻撃用の魔術とはとても思えぬその威力に、わたしも頭を悩ませているところだった。

「うーん、そうなるとドラゴンの技は使わない方がいいのよね？」

「使うと精霊が寄ってこなくなるからな」

「でもここじゃ、使わないと危ないいんじゃない」

「……魔獣が多いからな」

わたしはラキの庇護《ひご》下にあるため、ラキがそばにいる時は彼に守ってもらえる。

でも、常にラキがそばにいるわけじゃない。

「ここで生きていくなら『アレ』は必須。でもそれじゃ精霊魔術は使えない」

「あっちを立てれば、こっちが立たずというやつだな」

「じゃあさ、『ここ』じゃなきゃいいのよね？」

スピカさんの言葉に、ラキは一瞬戸惑いを見せる。

ここ……つまりこの中央辺境大陸を指す言葉だ。

で、ここじゃない場所となると――

「お引っ越し、するんです？」

わたしは疑問を口に出し、問いかけるようにカクンと首を傾《かし》げる。

動きやすいように肩で切り揃《そろ》えた黒髪がさらりと流れ、頬《ほお》にかかった。

その仕草《しぐさ》がスピカさんの感性を刺激したのか、わたしの頭を強く抱き寄せ、頭頂部に頬擦りをしてくる。

「そうよ！　精霊魔術は人間がもっとも上手《うま》く扱えるもの。なら人間のもとに学びに行けばいいじゃない」

「待て、それではティスピンはここから出ていくことになってしまうではないか」

スピカさんの提案に反論の声を上げたのは、言うまでもなくラキである。

その表情には珍しく、焦《あせ》りが浮かんでいた。

「いけないかしら？」

「ダメに決まっているだろう。ティスピンにはまだまだ教えていないことが多いし、向こうには危ない人間も多い」

「こんな辺鄙《へんぴ》な場所に、いつまでも閉じ込めておく方が可哀想だと思うけど」

「危ない人間に会ったらどうするんだ？　連中は同族でも奴隷にするらしいぞ」

「ここより危ないところなんて、人間の領域にあったかしら？」

「ぐぐっ⁉」

まぁ、スピカさんの言う通りこの中央辺境大陸は魔獣の巣窟《そうくつ》になっている。

その分貴重な素材も多いのだが、あまりの危険度に人間たちはこの領域に足を踏み入れられずにいた。

三百年ほど前にこの地を征服しようと、人間の国が軍を差し向けてきた事件があったらしい。

しかし人間の軍は、あっさりと壊滅。さらにドラゴンたちの反撃を受けて、その国が滅んだという事件もあったらしい。

「人間の国ならば、精霊魔術の効率的な教育を受けることができる。そして人間の地はここよりは安全な場所なのだから、ドラゴンの技に頼らなくていい」

「うぐぐ……」

「精霊魔術の英才教育を受けつつ、ティスピンの安全を確保できるなんて、名案じゃない？」

「それは、しかし……この家を出るのは困る！　ティスピンだって昔は『わたし、ラキのお嫁さんになる』と言っていたじゃないか」

「待って、それって何年前の話よ⁉」

「ほんの三年前だが」

「……そうだった」

確かに七歳くらいの時に、無邪気にそんなことを言った気がしないでもない。

しかしそれは分別のついていない子供の時の話だ。

いや、今だって年齢的にはまだ子供なんだけど。

時間の流れを遅くする修行のせいで、わたしは自分が子供であることを、ときおり忘れてしまいそうになる。

「そんな可愛《かわい》い娘が人間どもの毒牙《どくが》にかかるとか……人類滅ぼさなきゃ」

「やめなさいって」

過激な思考に染まりかけたラキの頭を、スピカさんが叩く。

親バカもここまでくるとドン引きである。捨て子だったわたしを溺愛してくれているのはありがたいが、いささか重い。

「ラキ、さすがにそれは私でも引くわ」

「なんだと？」

「いい？　そういう言葉は、幼い子供なら大抵一度は口にするものよ。私も女の子だからよく分かるわ」

「お前が女の子？」

疑問を口にした瞬間、ラキは水平にすっ飛んでいった。

小屋の壁をぶち抜き、向こうにあった木が何本もへし折られて倒れていく音が聞こえてくる。

そして数秒後。何事もなかったように、壁の穴からラキが戻ってきた。

ドラゴンのスキンシップ、いつ見ても怖い。

何事もなかったかのように席に着き、小さな声で抗議する。

「痛いじゃないか」

「殴られるようなことをするからでしょ」

人間相手なら確実に死んでいる打撃を打ち込んでおいて、スピカさんも平然と返す。

そしてそれを、無傷で耐え抜くラキもたいがいである。

「お願いだから、わたしは殴らないでね？」

「ティスピンは良い子だから、そんなことにはならないでしょ」

「そうだといいんだけど……」

スピカさんは綺麗《きれい》で優しいし、ラキよりかなり常識的ではあるが、その基準は明らかにドラゴン寄りである。

ちょっと背中を叩かれただけで地面からオサラバするとか、充分に考えられた。

「とにかく、ティスピンは精霊魔術を覚えるなら、ここから離れた方がいいわね」

「うぬぅ……」

「ラキ。何度も言うけど、ティスピンをいつまでもこんな場所に置いておけないでしょ？」

スピカさんの言う通り、間違いなくわたしは人間である。

ラキやスピカさんに囲まれているとはいえ、それ以外の交友関係は無いに等しい。

言うなれば、わたしの世界はとてつもなく狭いのだ。それが教育に良くないと、スピカさんは主張している。

それに、人間であるわたしの魔術適性は確実に精霊魔術の方に偏っているはずだ。

ここに住んでいる限り、わたしはドラゴンの技を使わざるを得ず、それを使うたびに精霊魔術の適性が減っていくことになる。

ならば早い段階から、精霊魔術の専門的な教育を受けるため、人間の教育を受けるべきだと、スピカさんは言っていた。

「なら、条件がある」

「どんな?」

「俺も一緒に行く」

「むむむ?」

ラキの申し出は、わたしにとっても非常にありがたいものだった。

なにせわたしは、生まれてこの方、この地から出たことが無い。

他の大陸となると、もはや未知の領域である。不安を感じない方がおかしい。

そこへ頼りになる保護者が同行してくれるというのだから、拒否するわけがない。

しかしスピカさんは、困ったように首を傾げて腕を組み、眉間《みけん》にしわを寄せて悩んでいた。

そんな仕草すら可愛らしく見えるのだから、この人《ドラゴン》は反則である。

「確かにティスピン一人で旅立たせるのは不安だし、誰かついていくのは分かるんだけど……

ラキ？」

無言で立ち上がり、鞄《かばん》を用意し始めたラキにスピカは胡乱《うろん》な視線を向けた。

「なんだ、その意味深な視線は」

「意味深って分かるんなら、言いたいことも分かるでしょ」

「大丈夫だ、おとなしくする」

「本当かしら？」

疑わしい視線をラキに向けるスピカさん。そのやり取りは非常に気安く、わたしは幼い頃は
二人は夫婦だと思っていた。

それを実際に口にした時のラキの嫌そうな顔は、いまだに忘れられない。

あのラキが心底嫌そうな顔をしたのは、あの時くらいだ。

二人はお似合いだと思うのだけど、当の本人たちは意見が違うらしい。

ともあれ、スピカさんはしばし熟考した後、小さく頷《うなず》いた。

「まぁ良いわ。誰か一緒に行かないといけないのは確かだし。それじゃ、どこの大陸にする？」

「東じゃないのか？」

この世界は中央辺境大陸オースの他に、東西南北に四つの大陸が存在する。

北は獣人たちが主に住まうノーデン大陸。

西は亜人たちが主に住まうウェスタリア大陸。

南は魔人たちが主に住まうザクセン大陸。

そして東は人間たちが主に住まうエステリア大陸だ。

それぞれの種族にも特徴があり、獣人は身体能力に優れ、亜人は寿命が長く知識が豊富、魔人はやや虚弱だが魔術の能力が高い。

対して人間は、これといって突出した身体能力が無く寿命も短いが、非常に論理的な思考に秀でている。

繁殖力も高く、四つの大陸でもっとも人口が多いのも、人間たちだった。

「魔術に関してのことなら、ザクセンが良くない？」

「あいつらは素質に頼りすぎるきらいがある。人間たちは寿命が短い分、知識の継承に重きを置いている。そのせいか術式を論理的に分析することに優れていて、学ぶのであれば人間の学校がもっとも学びやすいと聞いたことがある」

「あー、そういえばそんな話もあったわね」

「それにティスピンも人間だからな。人間の教えの方が、性に合っているかもしれん」

「なるほど。ラキにしてはちゃんと考えているじゃない」

感心したように言うスピカさんに、ラキは心外そうな顔をしてみせた。

「俺だってティスピンのことなら真剣に考えるぞ。あと酒造りに関しても」

「逆に言えば、そこしか真面目《まじめ》にならないのよね、あんたってば」

わたしの意見は無視して話が進められていく。もっとも、わたしとしても、スピカさんの提案に反対意見はない。

ずっとこのオース大陸の中で過ごしてきて、他の人間との交流もない生活だった。

優しいラキやスピカさんのおかげで、寂《さび》しい思いはしていなかったが、それでもどこか窮屈な思いはあった。

その小さな世界から飛び出せるのだから、異論などあろうはずがない。

「それじゃ引っ越しの準備を進めておいて。私は東大陸に適当な家を確保してくるわ」

「スピカさん一人でですか？」

「ラキを連れていけって言うの？」

「あ、一人で大丈夫ですね」

「お前ら、なにげに酷《ひど》いな」

どこかしょんぼりした雰囲気を漂わせるラキを置いて、わたしは席を立った。

そうと決まれば、今日は引っ越しの準備をするしかない。

とはいえ、この小屋の中にある私物なんて、数えるほどしかなかった。

自給自足の辺境暮らしなので、そもそも物自体が少ないのだ。

それもエステリア大陸に行けば、きっと増えるだろう。世に言う友達とやらもできるかもしれない。そう考えると、自然と笑みが浮かんでくるのだった。

引っ越しの準備が整ってから、私は住み慣れた小屋を離れることになった。

必要な荷物の大半はラキが『アヤシイ術』でどこかに収納してしまい、ほとんど手ぶらの状態だ。

わたしも森を歩く装備を整えてから、小屋を後にする。とはいえ、丈夫な服に二本の山刀を腰に吊《つる》しただけの装いだ。

この二本の山刀はラキとスピカさんがプレゼントしてくれたもので、ラキが贈ってくれたのは薄く鋭く、非常によく切れる。

反対にスピカさんが贈ってくれたものは非常に分厚く、背にのこぎりも付いた非常に実用性に優れたものだった。

「ティスピン、そろそろ行くわよ」

「あ、はぁい！」

スピカさんに先を促され、私は小屋を振り返る。

ラキに拾われてから十年を過ごした小屋。あまり出来のいい小屋ではなく、隙間風《すきまかぜ》も雨漏《あまも》りもあった小屋だけど、それだけに愛着がある。

隣にはラキの酒蔵もあるけど、こちらの方が出来がいいくらいのボロ小屋だけど、間違いなくわたしの家だった。

「今までありがと」

小さくそう呟《つぶや》くと、ぺこりと一礼。そして踵《きびす》を返すと、先を行くラキたちを追いかけたのだった。


わたしたちは最低限の荷物を持ち、東側の海岸を目指して歩いていた。

あれからスピカさんが、東大陸に家を確保してくれて、しかも魔術学園への入学願書も用意してくれていた。

学園には試験に合格しないといけないらしいけど、わたしの知識なら問題はないとラキが太鼓判を押してくれている。

問題は東大陸に渡るまでの方法だ。

「スピカさんはどうやって東大陸に行っていたんです？」

「私？　そりゃ、飛んで行ったに決まっているじゃない」

「めっちゃ目立ちますよね⁉」

スピカさんの本当の姿は、かなり巨大なドラゴンだ。

もちろんラキほどではないが、その巨体はかなり目立つはずだ。物すごい騒動になっていたはずである。

「透明化の術を使用していたから、全然目立たなかったわよ」

「じゃあ、私たちにもそれをかけてくれれば、ラキに乗って東大陸に行けたのに……」

少し恨《うら》めしい視線を彼女に送ると、スピカさんは申し訳なさそうに頭を下げた。

「ゴメンねぇ。透明化の術って、自分以外にはかけられないのよ」

「そうなんだ。じゃあ、ラキは？」

「もちろん俺も使える。けど、ティスピンは使えないだろう」

「そうだった」

なにかにまたがった姿勢で空を飛ぶ幼女が目撃されれば、それはそれで騒ぎになるはずだ。残念ながらわたしは透明化の魔術を覚えていないので、わたしだけが飛んでいる姿を目撃されていることになる。

こうしてみんなで歩いているのは、わたしを配慮してのことだろう。

まぁそれはそれで、ハイキングみたいで楽しいからいいけど。

「楽しそうだな？」

「そうだね。みんなでお出かけだし、楽しいよ。海の方は来たことがないし」

「残念だけど泳ぐ時間はないわね。水着も無いし」

「泳ぐのかぁ……そういえば、あまり泳いだことってないんだよね」

「家の近くにあるのは沼ばかりだったからな」

酒造りの水すら別大陸から運んでくるラキにとって、水は常に頭を悩ませる問題だった。

近場の沼の水は濁っており、そのままでは飲用にとても使えない。

生活用水程度なら、沼の水に生活魔術の浄化をかけてどうにかできていたのだが、酒造に使うとなると量が問題になる。

生活魔術とは、精霊の力を借りず自分の魔力だけで効果を発揮させる魔術だ。

精霊の力を借りないので、非常に効率が悪いが、その分術式が簡単で私やラキでも使用できるという利点もある。

そんな魔術に頼り切っていたので、水辺への観光というのは、わたしにとって初めての経験になっていた。

「そのうち遊びに来たいね」

「そうね。暇ができたら遊びに来ましょう」

「水棲《すいせい》の魔獣が住んでるけどどな」

ラキが空気を読まない発言をして、わたしとスピカさんから睨《にら》まれる。

しかしそれですら、今は楽しく感じられた。理由もなく楽しいということは確かにある。

そんなわたしを見るスピカさんも、どことなく楽しそうだった。

「あれ？」

スキップでも踏みそうなほど軽い足取りで進むわたしだったが、そこで奇妙なことに気が付いた。

トンと軽く踏み切ってジャンプしてみると、一メートル近い距離を飛ぶことができていた。

わたしは身体強化などの術を使わないと、ここまでの跳躍はできないはずだったのに？

「なんだか、体が軽い？」

「ああ、重力増加の術を解除したからな」

「なにそれ？　初耳なんだけど」

ラキの言葉にわたしは驚愕《きょうがく》の声を返す。スピカさんはというと、『またか』という顔で額《ひたい》を押さえていた。

「言ってなかったか？　小屋の周辺に重力を増加する術をずっとかけていたんだ。通常の二倍近い重力になっているはずだ」

「聞いてない！」

「なんで言ってないのよ、ラキ」

「忘れてたんだ」

スピカさんが呆《あき》れるのも無理はない。普通、生活に密着した問題なら、わたしにも知らせるべきだっただろうに。

「あの重力のせいで、ティスピンが赤ちゃんの頃はすっごく苦労していたのに」

「ティスピンに教えている術は非常に基礎能力を要求するから、土台になる身体能力が必要だったんだよ」

「確かに生活環境そのものが訓練になれば効率は良いだろうけど、それならそれできちんと説明くらいしてほしかった！」

幼い頃は歩くのにも苦労していて、スピカさんは成長の遅いわたしを本気で心配していた。

まさかラキの仕業だったとは……

「まぁ、今言ったから問題ない」

「大ありよ！　他に内緒にしてることはないの？」

わたしの言葉にラキは露骨に視線を逸《そ》らす。

この様子だと秘密にしていることが他にも大量にありそうだった。

それにしても、赤ん坊に二倍の重力なんてかかったら、命にかかわるだろう。

よく生きていたな、わたし。

「対策は取っていたし、今では平気だったから、説明を忘れていたんだな」

「まったく……」

呆れはするがそれで納得されてしまうだけなのが、ラキの人徳というか、竜徳というべきか。

呆れたわたしたちに歩み寄ってきたラキは、無造作に拳《こぶし》を左側に突き出す。

するとまるで計ったようなタイミングでそちらから魔獣が飛び出してきて、ラキの拳に衝突した。

魔獣はそのままパンッと風船が割れるような音を発して破裂し、血煙と化して消えていく。

わたしには、それがなんの魔獣だったかも分からないくらい、一瞬の出来事だった。

「それより気を抜くな。ここは安全な小屋じゃないんだ」

「うっ、それは分かっているけどさ」

生まれて初めての遠出ということもあり、少し浮かれていたのは認めざるを得ない。

いつものわたしなら、襲われるまで気付かないなんてありえない出来事だったからだ。

この大陸で生きていくなら、なにより気配には敏感でなければならない。

「まぁ、ラキがいるなら安心だけどね。それより、ほら。浜辺が見えてきたわよ」

スピカさんが指さした先には、森の切れ目があり、その向こうにはキラキラとしたなにかが広がって見えていた。

あれが海というものなんだろうか？

「あれが海？」

「そうよ。広いでしょ」

「うん……うん！」

きらきらと輝く青い水。向こう岸が見えないほど、大きく広い。これがすべて水ということ自体、信じられないほど、壮大な景色。

昔、山頂に登った時は雲海に隠れて見えなかったから、今回が初めて見る海になる。

「そうか、ティスピンは初めて見るんだったな」

「うん！　ここまで出歩いたことはないから」

「まぁ、危ないからな」

「過保護よね」

ラキの言葉にスピカさんは肩を竦《すく》めてみせる。

確かにここらの魔獣なら、わたしでも充分に対応できると思うけど。

「それより船を用意してあるから、早く乗りましょ」

船と聞いて、わたしはさらに目を輝かせた。

知識としては知っている。本の挿絵《さしえ》で見たことくらいはある。

だが、実物を見たことはなかった。

今日、それが見られる。それだけでなく乗ることすらできる。

わたしの期待は、否応《いやおう》なく跳ね上がっていった。

「よく用意できたな。乗員とかどうやって募ったんだ？」

「え、私たちだけよ」

「なに？」

珍しくラキが驚いている。それもそのはずで、オース大陸からエステリア大陸までは、結構距離がある。

それを渡る船ならば、かなりの大きさが必要になるはずだ。そして大きい船ならば、相応の乗員が必要になるはずだ。

「デカい船を用意しているんだろう？　乗員無しで操船できるのか？」

「デカい船なんて必要無いでしょ。私たちがいるんだし」

「ふむ……？」

言われてみれば、ドラゴン二匹が護衛に付くのだから、海の中の魔獣は寄り付かないはず。日頃はわたしに実戦をさせるためにその気配を抑え込んでいる。その状態のまま森を進んでしまったので、途中で魔獣に襲われてしまったが、海の上なら遠慮することはない。

もっとも解放しすぎると魔獣が別の場所に流れてしまうので、これも加減が必要なはずだ。

「魔獣については、私たちで対応できるでしょ。船も、私が元の姿に戻って押せば、そこいらの船より早く進むわ」

「船の方が耐えられないだろう」

「馬鹿《ばか》正直に押す必要もないじゃない。船体を強化しておけばいいのよ」

「風情《ふぜい》もなにもないな」

身も蓋《ふた》もないスピカさんの提案だが、確かに効率的ではある。

しかし今回ばかりはラキに同意したい気分だ。

「せっかくの船なのに……」

「ま、まぁ、大きな船はまた別の機会に乗ることもあるわよ」

露骨にがっかりしたわたしの声に、スピカさんは慌《あわ》てて取り繕《つくろ》う。

両手を振って言い訳する姿は、この大陸の偉いドラゴンには見えない。

「それに、あまり時間もかけていられないのよ。エステリアに上陸したら、入学試験が待っているし」

「あ、そうだった」

試験に落ちる心配はしていないが、それもこれも試験に間に合えばという話である。

大陸に上陸すれば、二人はドラゴンの姿になれない。なっても常に透明化の術を使用せねばならないため、その力を存分に発揮することは難しいだろう。

そしてわたしはというと、透明化が使えないため、ラキたちの背中に乗れない。

なら馬車か徒歩で移動するしかなかった。

「そういえば、試験っていつだっけ？」

「ん？　あと一週間ね」

「一週間……あんまり時間が無い……よね？」

「そうね。でも対岸の港町に着けば、馬車で半日だから急ぐ理由はないかも」

「そう……あれ？　引っ越しの荷解きとかもしないといけないんじゃ？」

「ああ、そういえばそういうのもあったわね」

ゆっくり海を渡り、半日かけて引っ越し先に移動する。実質、五日程度の余裕があることになる。

しかし、引っ越し後の荷物を解くとなると、結構な時間がかかるはずだ。

特にラキは酒造りのための穀物や麹、水や樽なども持ち込んでいるため、時間がかかる。

わたしも、食事のために倉庫の食糧をかなり持ち出しているので――それらはすべてラキの術によって収納してもらっている――その整理に数日はかかるだろう。

「い、急がなきゃ⁉」

試験前にも勉強しておきたい。そう考えると、時間的な余裕はぎりぎりだった。

わたしの様子を見て、スピカさんも少し危機感を持ったのか、足を速めた。

「そうね。船はこっちに用意してあるから急ぎましょ」

彼女に導かれるまま、わたしたちは足を速める。

唯一、ラキだけは暢気《のんき》な顔をしたままだった。今はその余裕がうらやましくも憎らしく感じられた。

浜辺に用意されていたのは、ボートと言って良いレベルの小船だった。

わたしとラキ、スピカさんの三人が乗ると満員で、喫水もかなりギリギリになってしまうほどの小ささである。

「これが……船？」

「沖合に流れていたやつを拾ってきたの。安上がりでいいわよね」

視線を宙に彷徨《さまよ》わせて、どこか虚《うつ》ろな口調でスピカさんが言い訳する。

彼女も引っ越し先の家を用意したりして忙しかったのだろうから、ここで不満を漏らすのは酷かもしれない。

むしろ小船遊びができると思えば、珍しい体験と言えなくもない。

「うん、いいよ。用意してくれてありがとう」

「ティスピンは良い子よね。ホントに」

「当たり前だ。俺が育てたんだぞ」

「そこが余計に奇跡的に聞こえるわ」

「なにおぅ!?」

相変わらずラキとスピカさんが言い合いをしているが、小船だとしても初めての経験には違いない。わたしは期待を込めて、小船に乗り込んだ。

そんな小船をラキがドラゴンの術で強化し、元の姿に戻ったスピカさんが鼻先で押して海の中を進む。

本来なら危険な水棲魔獣が生息している領域なのだが、元の姿に戻ったスピカさんに襲い掛かるような無謀な輩はいなかった。

「ひゃわああああああああああっ⁉」

「うむ、なかなかの速度だ」

「水が、飛沫《しぶき》が⁉　顔面に、いたっ、いたたたっ‼」

凄《すさ》まじい速度で水上――いや、もはや水面を跳ねるように進む小船は、半分宙を飛んでいる状態に近い。

しかもその速度で蹴《け》散らす水飛沫が全身にぶち当たり、とんでもなく痛い。

平気な顔をしているのは、頑丈なラキと、ドラゴンに戻ったスピカさんだけだ。

「スピカさん、速度をもっと落としてっ⁉」

「でもこれ以上落としたら、お昼までにエステリア大陸に着かないわよ」

「お昼じゃなくてもいいですから！　飛沫が痛いんです！」

ベチベチと全身を水滴に叩かれ、わたしは思わず泣きを入れた。

そんな私の状況を知ってか知らずか、スピカさんは暢気な声を返してくる。

水中から鼻先だけで器用に小船を押すスピカさんが、水の中でどうやって話しているのか謎である。

その辺の技術についてドラゴンたちに聞いても、逆に首を傾げられるだけだった。

まぁわたしも『どうやって歩いているんですか？』と聞かれたら、答えに窮するだろう。

「しかたないわね。技を使うなといった手前、我慢しろとも言えないし」

渋々といった雰囲気を言葉に滲《にじ》ませながら、スピカさんは速度を落としてくれた。

その結果――

「あ」

「ひゃわああああああああっ!?」

小船はスピカさんの鼻先を離れ、十数メートル無軌道に水面を跳ねてから、舳先《へさき》を水面に突っ込み、ひっくり返った。

「ごぼぼぼぼぼ――」

内陸部で育ってきたわたしは、泳ぐという行為をしたことが無い。

おかげで水中で無様にもがき苦しむ羽目になってしまった。

そんなわたしの襟首《えりくび》を引っ摑《つか》んで、船を元の状態に戻して引っ張り上げたのは、わたしと同じく放り出されたはずのラキだった。

「げほっ、げほっ……ラキ、ありがと」

「かまわん。もっと感謝してもいいぞ？」

「最後の一言が無ければ、紳士としても完璧《かんぺき》だったのに」

「ゴメンねぇ。すっ飛んでいっちゃった」

スピカさんが人の姿に戻って、船の上に乗ってきた。

おかげで小船は満杯状態で、かなり狭い。

しかもわたしもラキも、そして人の姿になったスピカさんもずぶ濡《ぬ》れ状態である。

彼女たちの服はなぜか変身した段階で付属しているのだが、ずっと水の中で泳いでいたスピカさんの服は、例に漏れずぐっしょりと濡れていた。

「はい、ティスピンは私の膝《ひざ》の上ね」

「いや、それは良いんですけど」

ヒョイとわたしを膝の上に乗せた彼女を見上げ、わたしはツッコミを入れるかどうか悩む。

濡れた服は身体《からだ》に張り付き、しかも布が透けていろいろと際《きわ》どい状態になっていた。

今はわたしを抱えているせいで見えていないが、代わりにわたしがラキの正面に座る結果になる。

なお、わたしもずぶ濡れで透け透けである。

「ちょっとラキ、こっち見ないで」

「ん？　なにか言ったか？」

ラキはわたしの警告は無視して、小船に据え付けられていた櫂《かい》を取り出していた。

わたしを見てもなんの反応もしていないし、自分一人だけ意識しているようで、逆に恥ずかしくなってくる。

「……ううん、なんでもない」

「そうか？　ああ、そうか」

ラキはそこでなにかを察したのか、わたしに旅装用のマントをかけてくれた。

わたしが恥ずかしがっていることを察してくれたのかと、少し感動する。

「暖かくなってきたとはいえ、海の上は肌寒いからな」

「そうじゃなくて、そこは成長してきた娘への気配りでしょ！」

「成長……？」

まぁ、確かに隠すほどの膨らみとか無いのは事実であるが、こうも明言されてしまうとさすがにイラッとくる。

とはいえ、結果的には身体を隠せるようになったので、それ以上は突っ込まないでおく。

当のラキは少し不審そうに首を傾げた後、何事もなかったかのように櫂を用意していた。

「それじゃ、俺が漕いでいくから、また落ちないように捕まっておけ」

「はー……いいいぃぃぃっ!?」

わたしの返事を待たず、ラキが櫂をひと掻きする。

直後、ドンッという衝撃音が鳴り響き、再び小船は宙を舞った。

スピカさんよりも巨大な身体を持つラキの腕力で、全力で櫂を掻けば、こんな小さな船なんて、それこそ木っ端のように吹っ飛ばせる。

それを実際に実演された形になった。

「ああああああああああああああああああああああっ⁉」

数百メートルを吹っ飛び、奇跡的に着水した後は水切り石のように水面を跳ねる。

そして着水しては、また跳ねる。

わたしは悲鳴を上げて必死に船にしがみつく。背後からスピカさんが押さえてくれていなければ、また船から投げ出されていたことだろう。

バシン、バシンと、水が出してはいけないような音が何度も響き、気が付けば船は陸が見える位置で漂っていた。

「うむ、もう少しだったんだがな」

「もうちょっと手加減して⁉」

「昼前に着いたぞ？」

なぜ怒ると言わんばかりの表情で、ラキは不思議そうに抗議する。

ちなみにラキの手にある櫂は、漕いだ衝撃で木端微塵《こっぱみじん》になっていた。

「着いたっていうか、その櫂。この先どうすんの？」

大陸が見える位置にはやってきた。しかし陸地まではまだまだ距離がある。

だというのに、船を動かす櫂はすでに無い。

どうやって陸地まで辿《たど》り着けばいいのだろう？

「ラキ、どうやって陸地まで行くの？」

「ふむ……？」

再び漕ごうとして、取っ手部分しか残ってない櫂で水をちゃぷちゃぷと掻く。もちろん船が進むはずもない。

陸地に視線を向け、再び手の中に視線を落とす。

「……どうしよう？」

「わたしに言われましても」

「私が押そうか？」

「やめて、軍隊が来ちゃう！」

スピカさんはドラゴンたちの中でも、かなり大きなドラゴンだ。ラキより小さいが、それはラキが無駄にでかすぎるだけの話である。

そんな彼女が本来の姿で沿岸部を遊弋《ゆうよく》するとなると、間違いなく大混乱になってしまう。かといってどうやって陸地まで辿り着くかと問われれば、わたしに答えはなかった。

「うーん……ん？」

首を傾げていると、ラキが突然海の中に飛び込んだ。

そのまま船の後ろにしがみつき、ゆっくりとバタ足を始めた。

「ラキ？」

「ここは責任を取って、俺が陸まで押してやろう」

「でも、さすがに寒い……はずもないか」

まだまだ肌寒さの残る時期だが、ドラゴンであるラキが寒いと感じるわけがない。

現にスピカさんはまったく寒がらずに平然としている。

「問題ない」

「じゃ、悪いけどお願いできるかな？」

「まかせろ」

さすがに二度も吹っ飛んだとあって、今回はゆっくりと押してくれる。

この辺、ラキの気遣いが感じられて、少しうれしかった。

しばらくバシャバシャと小船を押してもらい、ようやく陸地がはっきりと見える位置まで辿り着いたところで、港の姿が目に入ってきた。

「あ、ラキ！　あそこに町があるよ！」

「この辺はブレンデン辺境領だったか。港町がある地域だな」

「へぇ、人がたくさんいるの？」

「結構多い」

初めて見る人里の姿に、わたしは興奮して小船から身を乗り出す。

そんなわたしをスピカさんが慌てて後ろから支えてくれた。

「ティスピン、身を乗り出したらまた落ちるわよ」

「あ、ごめんなさい」

「今度は泳ぐ練習もしないといけないな」

「うへぇ」

先ほど溺れたことで、今後の課題が浮き彫りになってしまった。

わたしの身の安全を最優先に考えるラキとしては、自力で泳げるようになってもらいたいところだろう。

また地獄のような訓練が始まるかと思うと、寒くもないのに身体が震えた。

「そんな後のことはどうでもいいのよ。ラキ、あっちに向かって進んで」

「人を舵扱いするな」

スピカさんの言葉に不平を唱えるラキだったが、素直に船の舳先をそちらに向けた。

そのまましばらく船を押してもらうと、どんどんと町が迫ってくる。

わたしにとっては初めて見る町の姿に、知らず身を乗り出しそうになる。そのたびにスピカさんが襟首を引っ掴んで連れ戻しては膝の上に乗せ直していた。

そうしてしばらくすると、町から一艘《いっそう》の船が近付いてきた。

わたしが初めて見るほど大きな船で、舷側《げんそく》に窓がたくさん付いているのが特徴的だった。

「あれは軍艦だな」

ラキの言葉に、わたしは思わず唾《つば》を飲み込んだ。

軍艦というからには、大砲などを積んでいるはずだ。

そしてそんなもので撃たれたら、こんな小船は木端微塵《こっぱみじん》に吹き飛ぶだろう。

いや、ラキの強化がかかっているから、船『だけ』は無事に済むかもしれない。

乗っているわたしの身の安全は、保証されないけど。

「ティスピン、ちょっとそっちに寄っていてね」

「え？　うん」

「ラキはここから先は威圧感を抑えて。私も抑えるから」

「おう」

スピカさんがわたしを小船の反対側に座らせる。

ラキが船から下りているので、空席になっていた場所だ。

そして私をかばうように立ち上がり、軍艦に鋭い視線を向けていた。

しかしドラゴンとしての威圧は、その視線に込められていない。

ドラゴンの威圧感を全力で放った場合、気の弱い者なら気絶してしまうし、その正体を勘繰られる危険もあったからだ。

警戒するわたしたちを無視して軍艦は小船のそばまでやってくると、船の上から声がかけられた。

「お前ら、どうしたんだ？」

「どうしたって、どういう意味？」

「なんでこんな場所を漂っているんだと聞いているんだ。海賊にでも襲われたか？」

言われて自分たちの状況を見返してみると、確かに不審な点があまりにも多い。

女二人が小船に乗り、それを男が一人泳いで押している。

確かに襲われて櫂を失ったと思われても、不思議ではない。

「あー、まぁそんなところ」

「それで男が船を押してたのか。災難だったな」

「できれば港まで曳航《えいこう》してくれるとありがたいんだけど？」

「っていうか、こっちに乗り移るといい。どうせ港まですぐそこだ、どうしても小船を捨てたくないというなら曳《ひ》いてってやるけど」

乗り移れという言葉に、ラキとスピカさんは目を見合わせ、そこになんの合意があったのか分からないが、両者とも同時に頷く。

そしてラキが小船に這《は》い上がってきて、船の上の人物に合図を送った。

「ご厚意、感謝する。そちらの船に乗り移りたいので、梯子《はしご》を下ろしてくれ」

「分かった、少し待ってろ！」

船の上の人物はすぐに顔を引っ込め、しばらくすると縄梯子が投げ下ろされてきた。

その縄梯子をラキが真っ先に上っていく。普通は女性を最初に避難させるものじゃないだろうかと疑問に思っていると、スピカさんが説明してくれた。

「上にいる人たちが海賊とかの可能性もあるからね。まずはラキが警戒しに行ってくれたのよ」

「あ、その可能性もあるのか」

ここは港のそばの海だが、距離はまだ少しある。

そこにある小船と軍船っぽく見える船がなにをしているか、港からははっきり見えないはずだ。

もしわたしたちが乗り込んでから本性を現し、襲い掛かられたら危険である。

でもラキならば、そんな人たちを一蹴できるだろう。

「次はティスピンが上って。最後に私が行くから」

「分かりました、ありがとう」

「どういたしまして」

最後がスピカさんなのは、わたしが梯子から落ちた時の心配をしているからだ。

そこまで運動神経は悪くないと抗議したいが、心配してくれる気持ちはありがたいので、ここは黙って好意を受けておく。

船の上はわたしが見たことがないほど、多くの人がひしめき合っていた。

港までやってきた漂流船の救助者が珍しかったのかもしれない。

「助かった。このまま港まで泳いでいかないといけないのかと思っていたよ」

「大変だったな。まぁ、俺たちも近辺の巡回業務中だったからな。すぐ港に船を戻すからゆっくりしていってくれ」

「巡回とは、なにかあったのか？」

「ああ、最近海賊を討伐してな。その残党が残っていないか、調べていたんだ」

「海賊ですか？」

海賊と聞いて、わたしは目を輝かせた。

これまで読んできた本の中では、海賊が冒険する小説が少なからず存在していたからだ。

しかし、船員から返ってきた言葉は、わたしの想像とは違うものだった。

「特に性質《たち》の悪い連中でな。金品の強奪だけでなく、人身売買まで手を出していたんで、国が乗り出して討伐したんだ」

「へぇ～」

本で読んだ海賊たちは義侠心に溢《あふ》れ、人身売買など行わない。

正義とは言えないが、自分の中に確固とした主義主張を持つ者たちだった。

しかしこの近辺に居座っていたのは、そういった海賊とは違う者たちのようだった。

「海賊退治の資金を捻《ひね》り出すために、この町からグレンデルに主計科長を呼び戻したりしてな。大騒動だったぞ」

「グレンデル？」

「港から少し離れたところにある大きな町よ」

聞き慣れない名前に首を傾げたわたしに、スピカさんがこの辺の地理を説明してくれた。

ここにいた海賊は残念な連中だったらしいけど、それと戦った軍隊の話は非常に面白《おもしろ》かった。

特に本の中でしか見たことがない海戦の話など、わたしにとっては非常に興味深いものだ。

世話をしてくれた船員と話し込んでいると、ラキが不機嫌そうな咳払《せきばら》いをする。

「ティスピン、仕事の邪魔をするのは感心しない」

「あ、そうだった。ごめんなさい」

「いやいや、気にしなくてもいいさ。この通り、討伐も終わって平和な海になって暇だったからな。あんたたちのおかげでいい暇潰《つぶ》しができた」

「遭難しかけた身としては、あまりうれしくない歓迎だな」

「はっはっは、そりゃあスマンな！」

顔をしかめてみせたラキを、船員が豪快に笑い飛ばす。

その後、いろいろ話を聞いたところ、どうやらこの船は港町に所属する警備船らしい。

近辺を荒らしていた海賊を討伐したのだが、残党が民間船を襲ったりしないか見て回っていたようだ。

船員たちはわたしたちを物珍しそうに見ながらも、自分たちの仕事へと戻っていった。

わたしたちは三人ともぐしょ濡れだったため、船室の一つを用意してくれる。港からそれほど離れた沖合ではなかったため、数時間の滞在ではあるが、その間に冷え切った身体を温めることができたのである。

もっとも、冷え切っていたのはわたしだけだったのだが……

「うおおおおぉぉぉぉぉぉぅ!?」

港に着いたわたしは、船を降りる階段の手前で、そんな絶叫を上げていた。

目の前に広がるのは、話の中でしか聞いたことのない港町の風景。

数えきれないほどの人たちが行き交い、船から降ろされた荷物を運び出したりしている。

オース大陸から出たことのないわたしにしてみれば、人間がこんなにたくさん往来しているところを見るのは、生まれて初めてのことだ。

絶叫してしまっても、無理はない。

「いいから、さっさと降りなさい」

胸の前で両拳を握り締め、感動に震えるわたしの脇にラキが手を差し入れて持ち上げる。

この格好にはどこか覚えがある……と考えてみたら、酔っぱらったラキがなぜかドラゴンに戻り、ベヒモスをお土産《みやげ》に持って帰ってきた時の格好に酷似していた。

その光景を思い出し、わたしは少し死んだ魚のような目をしてしまった。

ラキはわたしを抱えたまま、タラップを下りる。

「あ、ありがと」

「今日中に隣町の確保した家まで行くから、すぐに馬車に乗るわよ」

濡れた服を着替えたスピカさんが、そうやって旅程を仕切ってくれる。

こういう点に関しては、ラキはまったくあてにならない。

「その馬車はどこにあるんだ？」

「駅馬車の乗り場があっちにあったはずよ」

そう言うとわたしの手を引いて颯爽《さっそう》と歩き始める。

その後ろをラキもついていくのだが、どうも周囲の視線がこちらに集中している気がする。

わたしの服装がおかしいのかと自分の身体を見下ろしてみた。

少しばかりくたびれているが、よくあるワンピースの服だ。汚れているわけでもないし、異臭がするわけでもない。

そもそもそんな臭いがしたら、オース大陸ではあっさり魔獣に見つかり、襲われてしまう。

自分に問題はないと判断して視線を上げたわたしは、ラキとスピカさんの姿を見て納得した。

「ああ、この二人のせいか」

「ん？　なにか言ったか？」

「なんでもないよ」

ラキもスピカさんも、服はわたしと一緒で垢《あか》抜けないありふれた服装だった。

しかしそれを纏《まと》う二人の美貌《びぼう》は、完全に周囲から浮いていた。

スピカさんは二十歳程度の黒髪が美しいキリッとした美女。

ラキはややもっさりした印象を持つが、同じく美しい黒髪で容姿自体は整っている。しかも先ほど海に落ちて服を着替え、濡れた髪を乾かし身なりを整えていたから、なおさらだ。

ラキもスピカさんに負けないほどきれいな黒髪をしているため、一見すると美形の兄妹のようにも見える。

そこへ、彼ら同様の黒髪で、琥珀色《こはくいろ》の瞳《ひとみ》を持つ幼女であるわたしがいるわけだから、目立つことこの上ない。

「黒髪が珍しいからかなぁ?」

「それはあるかもね。この辺は黒髪は少ないもの」

スピカさんが言うには、黒髪は南のザクセン大陸に住む魔族に多く、このエステリア大陸にはあまりいない。

特に金髪や栗色の髪が多く、赤毛もそこそこいる。

しかし黒髪となると、周囲を見回しても一人もいなかった。

「ま、それ以上にティスピンの瞳が珍しいのかもね」

「わたし?」

わたしは確かに金に近い琥珀色の瞳をしていた。これはラキやスピカさんにも似ていないし、周囲にも一人もいない色合いだ。

だが珍しくはあっても、忌避されるほどではなかったらしい。駅馬車の場所を尋ねた人たちも、快く答えを返してくれた。

もっともこれは、スピカさんの美貌のおかげかもしれないけど。

物珍しさにきょろきょろしているわたしの手を引いて、スピカさんが駅馬車に案内してくれた。

ちなみにラキは神妙な顔でついてくるだけである。

「ほら、ティスピン。きょろきょろしない」

「あ、ゴメン」

「こっちに座って。それとも私の膝の上がいい？」

「こっちでいいです！」

なにかと激しいスキンシップを求めてくる彼女を避けるため、わたしはそそくさと隣の席に座った。

駅馬車は飾り気がないが頑丈な作りで、側面は板壁が立てられ、外部からの襲撃に備えていた。

その分、風通しは悪く、蒸し暑い。

「あはは、ちょっと暑いねー」

「板壁が風を遮《さえぎ》っちゃってるからね。で正面から風が入ってくる分、まだマシかしら?」

「こんな壁では、無いも同然だろうに」

「ラキ、それはきっと、オース……じゃなくて、実家基準」

オース大陸と口にしたら不審に思われるかもしれないと考え、そう言い直した。

対外的には人跡未踏の秘境。そこから来たとなると、なにか怪しまれる可能性がある。

「あ、そうだ。暑いならお茶飲む?」

「なら昼飯にするか? 確か弁当を用意していたよな」

「謎肉サンドなら作ってきたけど。あ、一緒にどうですか?」

わたしたちの騒々しい会話をごまかすように、隣に座っていた女の子に愛想《あいそ》笑いを浮かべつつ話しかける。

彼女はちらりと隣の女性——おそらく母親——に視線を向け、小さく肯定の意を返してもらい『うん!』と可愛らしい笑顔を浮かべて返してくれた。

そこから彼女と他愛のない話を交わしていく。

スピカさんの説明では、ここから駅馬車で半日ほど進んだ場所に魔術学園のあるグレンデルという町があるらしい。

そこに三人が住む家を確保しているということなので、今日はそこに到着すれば、移動完了ということになる。

「あ、えと……わたしはティスピン。この先にあるグレンデルの町に引っ越すの」

「そうなんだ？　わたしもお引っ越しなんだよ。あ、名前はエミリー」

「お引っ越し？　お揃いだ。よろしくね！」

エミリーと握手を交わし、その隣にいる母親にも一礼する。

彼女も『仲良くしてあげてね』と微笑《ほほえ》みながら挨拶を返す。

エミリーも同じ町に引っ越すのなら、友達になれるかもしれない。

そんな期待に、わたしは目を輝かせ、身を乗り出して彼女との会話を続ける。

母親もスピカさんと世間話を始めたところを見ると、エミリーに通じる人懐《ひとなつ》っこさを持っているのだろう。

「ご両親ですか？」

「ティスピンは娘だ」

「黙れバカ。いえ、兄妹ですの」

なにやらヤバいことを口にしたラキの頭部を叩いて黙らせ、スピカさんが代わりに会話に参加した。

まぁ、人間の常識がないラキに会話をまかせるよりは安全だ。

それに、二十歳そこそこにしか見えないラキやスピカさんがわたしの親となると、あまりにも若く見えすぎてしまう。

わたしの年齢が十歳なのだから、ここは兄妹としておいた方が無難なはずだ。

「仕事の都合でグレンデルに引っ越すことになりまして。ティスピンもこの機会に魔術学園に通わせようと思っています」

「まぁ、それは偶然ですね。私もエミリーを入学させようと思っていましたの」

「それはそれは。失礼ですが、旦那様は？」

「夫は仕事の関係で一足先に。軍の仕事をしていますので、私どもとは都合が合いませんでしたの」

エミリーのお母さんは、少し寂しそうな顔をして、そんなことを言っていた。

「軍関係の仕事は融通が利《き》きませんからね」

「ええ、本当に。そちらもご両親は先に？」

「いえ、私どもに両親はございませんので」

「それは――申し訳ないことを聞いてしまいました」

「いえいえ。ずいぶん昔のことですので、気にしていませんよ」

驚いたことに、スピカさんはそつなく世間話をこなしていた。

いや、住居を確保してくれているわけだから、いろいろと人とかかわっていたはずなので、これは驚くべきことじゃないのかもしれない。

それでも、日頃ラキと漫才を演じている彼女からは、想像できない如才のなさである。

「ティスピンちゃんも魔術学園に通うの？」

「うん、その予定。でも試験とかあるから、ちょっと心配」

「そんなに難しいって話は聞かないけど、わたしも心配かな」

エミリーに話を聞くと、魔術学園は形式的に試験を受けさせることになっているが、ほとんどの者は問題なく入学できるらしい。

「そんなに簡単に入れるんだ？」

「うん。魔術って子供の頃から勉強しないと伸びないらしいし、子供だと難しい試験とかできないからって」

「ふーん、なるほどぉ」

確かに子供の頃というのは、その能力を測りにくい。

その頃は試験に受からなくても、成長すれば才能を発揮して、様々な功績を残すという話はよくある話だ。

もちろん、わたしは話でしか聞いたことが無い。

「試験まであと一週間しかないでしょ？」

「うん、わたしも今日聞いてびっくりした」

「いつか知らなかったの？」

「もうすぐ試験があるっていうのは聞いてたけど、スピカさんってわりと雑なところあるから」

「ちょっと、そこ。ちゃんと聞いているんだからね⁉」

「あ、ごめんなさーい」

スピカさんはわたしの頭に拳を押し付け、ぐりぐりと抉《えぐ》ってくる。

多少は痛いが、悶《もだ》えるほどではない絶妙な力加減だ。

言うまでもなく、彼女が本気を出すと、わたしの頭は擂《す》り潰されてしまうだろう。

そんな感じで世間話に花を咲かせていると、突然カンカンという、木を打つ音が鳴り響いた。

「なに？」

「ふむ、板になにかがぶつかったらしいな」

「お客さん、捕まってください！　魔獣が出ました！」

そこへ御者から切羽詰まった声が飛んできた。どうやら先ほどの音はその警戒を促す音だったらしい。

言葉が終わるより早く馬車が激しく揺れ出し、速度が上がる。

魔獣という言葉にエミリーと母親は硬直した表情を浮かべ、慄《おのの》いていた。

「おかあさん、こわい！」

「だ、大丈夫よ。馬車の方が速いから――」

娘をなだめながらも、彼女の顔は緊迫したままだった。

魔獣の中には、馬車より速く走る魔獣も数多くいる。とはいえ、それを今彼女に告げてやるほど、わたしは非情ではない。

しかしここには、そんな空気を読まない者が一人だけいた。

「あれはバイコーンだな。馬車よりは速いぞ。こんなところにいるとは珍しい」

「空気読めぇ⁉」

わたしは思わずラキを怒鳴りつけた。こんな時にエミリーたちを不安にさせる言葉を口にする必要もないだろうに。

ラキ自身、バイコーン程度では相手にならないので、悪気が無いのは分かるが、さすがに状況が状況だ。

怯《おび》え始めたエミリー親子を見て、ラキも状況を悟ったらしい。

「ふむ、確かに無神経だったな。ここは責任を取って、俺が処理してこよう」

「処理って、バイコーンですよ⁉」

エミリーの母親が驚いたようにそう問いかける。

バイコーンとは二本の角が生えた馬の魔獣で、非常に足が速く、気性が荒い。

大して強い魔獣ではないが、スピードに乗った角を使った突撃の威力だけは甘く見られない。

今、この全力で走っている状況では、バイコーンは最大の攻撃力を発揮できるはずだった。

「問題ない。すぐに戻る」

しかしラキは、母親の心配をよそにひらりと馬車から飛び降りた。

そのまま地面をひと蹴りして、バイコーンへと肉薄する。

バイコーンもそんなラキを認識し、頭を下げて刺突《しとつ》の構えを取った。

このままではラキが串刺しになってしまう。そう、エミリーたちには見えただろう。

事実、彼女たちは悲鳴を上げて顔を覆い、惨劇から目を逸らそうとしていた。

しかしわたしは、そんな心配を一切《いっさい》していない。

そもそもラキはドラゴンである。馬の角程度で傷付くはずもないのだ。

「せい」

まったく気合の篭《こも》っていない、気合の声。

その声と同時に繰り出されたラキの右拳は、バイコーンの下顎《したあご》を的確に捉《とら》える。

相対速度で言うなら時速百キロを遥《はる》かに超えるというのに、ピンポイントで射貫《いぬ》く技量はさすがとしか言えない。

殴られたバイコーンは顔を跳ね上げ——

「ギャブゥウゥッ!?」

そのまま縦回転しながら、街道の向こうへと消えていった。あの様子だと、生きてはいないだろう。

そしてラキは反転すると、二度地面を蹴って再び馬車の中に戻ってきた。

走る馬車から飛び降り、一瞬でバイコーンを始末し、さらに馬車に追いつき、飛び乗ってくる。

これがどれほど常識外れな行動か、わたしでも分かる。

「ラキぃ……」

あまり目立つマネはしてくれるな、そんな意思を込めて、ラキを睨みつける。

当のラキは頭を掻いて、視線を逸らして誤魔化《ごまか》していた。

「まぁまぁ、ティスピン。ちょっと派手になっちゃったけど、何事もなく済んだのだから、いいじゃない」

「そりゃ、そうですけど」

スピカさんの執り成しに、わたしも渋々矛《ほこ》を収める。

実際、バイコーンに追いつかれていたら、大変なことになっていたかもしれない。

わたしたちには問題がなくとも、エミリーたちや御者のおじさんには危険が迫っていたかもしれなかった。

馬車が破壊されても、困った事態になる。

それを未然に防いだのだから、ラキを責めるのは間違いかもしれない。

「兄ちゃんが、あの魔獣を仕留めてくれたのか？」

「ああ、あの程度なら問題ない」

前を向いて必死に手綱を取っていた御者は、決定的な場面を見ていなかったらしい。

ようやく振り返った御者に、ドヤァと言わんばかりの顔をしてみせるラキ。

「ここからカウンターで攻撃したら、もろに顎に入ってな」

「ここからって……そりゃ、運が良かったな！」

きっと御者のおじさんは、荷台の上からラキがなにかを投げつけたとでも思っているのだろう。

大して不思議そうでもなく、そんな感想を返していた。

もっとも、その場面をつぶさに目撃したエミリーたちは、目を丸くして言葉を失っていた。

「あ、あの……今さっき、馬車を飛び出して……？」

「おにいちゃん、馬を殴った後また戻って……？」

二人して棒読み口調になってしまう辺り、非常に似た親子である。

ともあれ、ラキの非常識を目にしてしまって、それを口外されると、これまた面倒なことになりそうだった。

「えっとね、ラキはお仕事の都合上、すっごく身体強化魔術が得意なんだ」

「そうなの？」

「うん」

身体強化魔術は精霊の力を借りない魔術なので、消費魔力のわりに効率が悪い。

しかし適性がある者なら、その強化率は侮《あなど》れないほどになる。

事実、わたしでも、バイコーン程度なら殴り飛ばせるほどの強化魔術が使える。

「でもでも、それで馬車に飛び乗ってくるって……」

「ラキは自分の何倍もある酒樽を毎日運んでいるから、その力を使えば跳躍力も伸びるんだよ。うん。あははは」

「へ、へぇ……そうなんだ？」

まだ納得していない様子ではあるが、否定しきれないという体《てい》でエミリーたち親子が頷く。

しかしその様子は明らかに『ドン引き』という風に見えた。

まぁ、初対面であんなアクロバティックな行動を見せつけられたら、その気持ちも分からないでもない。

そんな二人の様子に冷や汗を流しながらも、馬車は止まることなく進んでいく。

せっかく友達になれそうだったのに、ここで引かれたままではそれすら怪しい。

わたしはこの失態を取り戻すべく、さらにエミリーと会話を続ける。

その作戦が功を奏したのか、彼女もあまり深くは考えず再び警戒心を解き始めていた。

見るとスピカさんも、母親の方と会話を再開していた。

そうしているうちにグレンデルの町に到着したのだった。

第二章 ✦ 魔術学園の少女

バイコーンを撃退したわたしたちは、その後はなんのトラブルもなくグレンデルの町に辿《たど》り着いた。

とはいえ、襲撃された事実は報告せねばならないということで、門を守る衛兵に御者の人が襲撃の事実を告げている。

その詳細を報告書に上げないといけないから、わたしたちも少々時間を取られることになってしまった。

「で、その倒したバイコーンの死骸《しがい》は？」

「知らん。どっかにすっ飛んでいった」

「いやいや、もったいないだろ！　あいつの角は薬の素材として重宝されているんだぞ」

「多少はな。だが効果のほどは今一つだ」

「なに言ってんだ、中級回復薬に使えるくらいだってのに⁉」

報告を受けていた衛兵の男は、頭を抱えて天を仰《あお》いだ。

話によると、ちょっとした家庭がひと月暮らせる程度の額で取引されているらしい。

そう聞くとすごいと思うのだが、実のところ、ラキの角の粉の方が効果が高かったりする。

もっともラキの角は、下手な刃物では傷一つつかないので、削ることすら難しい。

「街道沿いにブン殴ったから、どっかに落ちてるかもしれん。後で拾ってこよう」

「すでに拾われてるに決まってるだろ！」

どこかずれたラキの答えに、次第に衛兵の顔が赤くなっていく。

そんな彼を取りなすように、スピカさんが話しかけた。

「申し訳ありません、兵隊さん。でも私たちも襲われて必死だったんですよ」

「うっ、確かに戦闘技能のない民間人が魔獣に襲われたとなれば、対応は難しかっただろうな」

「ええ、本当にギリギリでした。他《ほか》にも魔獣がいたかもしれませんし、死体を放置してしまっても無理はございませんでしょう？」

「そ、その通りだな」

そっと手を握って潤んだ眼差《まなざ》しで見つめるスピカさんに、衛兵は別の意味で顔が真《ま》っ赤《か》になっていた。

うむ、あれが悪女というやつなのだろう。わたしは今、一つ賢くなった。

「あなたの言う通り、民間人が襲われたのであれば、死骸の放置もやむなしである」

「スピカ、お前口が上手《うま》かったんだな――いたっ」

横からいらないことを口にしたラキが、唐突に顔をしかめる。

その理由は足元に目を向けるまでもない。わりとシャレにならない勢いで、スピカさんがラキの足を踏んだ音が聞こえてきたからだ。

そんなやり取りに、見ていたエミリーたちの顔が微妙に引き攣《つ》っている。

「とにかく、バイコーンに襲われたのは事実なんです」

「いや、そこは疑っていない。バイコーンかどうかは別として」

「信じてくださいよ!?」

「魔獣が出たというのは疑っていない。早急に兵を派遣して死骸を確認してくる」

御者の人が泣きそうな顔でそう告げ、衛兵が取り繕《つくろ》うように答えを返す。

手元の報告書にもせわしなく書き込みをしているので、口だけということはなさそうだった。

「報告は確かに。今後死骸の確認も兼ねて街道の保全に努めますので、ご安心を」

スピカさんを意識してか、妙にきりっとした仕草《しぐさ》で衛兵が告げてくる。

その言葉に安心したのか、御者の人も大きく息を吐き、馬車に戻っていった。

わたしたちも遅れないようにその後を追う。その後ろから、衛兵が名残惜しそうに声をかけてきた。

「ゴホン。それでは、グレンデルへようこそ。歓迎します」

「ありがとうございます。これからもよろしく」

にこやかに笑顔を返すスピカさんに、デレッと相好を崩す衛兵。

わたしもそれをサポートすべきかと思い、できるだけ無邪気に手を振ってみた。

「兵隊さん、バイバーイ」

「ば、ばいばい？」

わたしの真似《まね》をして、エミリーも手を振ってみせる。

その様子に完全に警戒心を無くした顔で、衛兵も手を振り返してくれた。


それからしばらくして駅馬車の停留所に辿り着き、わたしたちはようやく荷物を下ろすことができた。

御者の人はラキの手を握って感謝の言葉を告げ、ラキが暑苦しそうにしているのがおかしかった。

ラキは別に人間嫌いというわけではないが、おじさんに迫られてはさすがに迷惑そうだ。

「では、俺《おれ》たちも先を急ぐので」

「ああ、お引き留めして申し訳なかった！　いや、本当に助かったよ、あんたは命の恩人だ」

「そ、それでは――」

「次から俺の馬車に乗る時は代金は無料でいいからな！」

「ありがたいが、大丈夫なのか？」

「それくらいの便宜は図らせてくれ」

雇われの御者が勝手に代金を引いてもいいのかと思ったのだが、彼がそう言ってくれるなら厚意に甘えてもいいんじゃないかな？

まぁ、ラキの足なら隣町までほんの数分で辿り着くだろうけど。

御者を振り払い、どうにか家路につくことができたラキは、心底疲れ果てた顔をしていた。

「やれやれ、酷《ひど》い目に遭った」

「感謝されてるんだから、もっと喜びなさいよ」

「そうはいってもな」

相変わらず軽口を叩《たた》き合う二人に、エミリーの母親が話しかけてくる。

「皆さん、お世話になりました。私たちの家はこちらですので」

「ああ、世話になったな」

「とんでもない、こちらこそ」

「ティスピンちゃん、また会える？」

「え？　うん、同じ町だし、会えるんじゃないかな？」

少し泣きそうな顔のエミリーに、わたしは無責任にそう返していた。

もっとも、同じ魔術学園に受験するのだから、また会う可能性は非常に高い。

そんなエミリーを見て、スピカさんが助け舟を出してくれる。

「私たちはこの先の南六番通りの七番地の一軒家に越してきたの。よかったら遊びに来てね」

「七番地……うん、分かった！」

パァッと一転して満面の笑顔になるエミリーに、わたしは不安そうな質問をこっそりとする。

「いいの、スピカさん？」

「ん、なにが？」

「ほら、スピカさんもラキも……『あれ』じゃない？」

「ああ」

二人がドラゴンであること、この町でそれを知るのは今のところ、わたしだけだ。

そしてそれが知られると、間違いなく大問題に発展する。わたしはそれを危惧していた。

「別にいいわよ。知られることもないでしょうし」

「まぁ、二人がそう言うなら」

ラキもスピカさんも、オース大陸でもかなり強いドラゴンらしい。

わたしはドラゴン関連の寄合や会合なんかには参加したことがないので、二人がどの程度の立場かは、詳しくは分からない。

だけど一目置かれていることくらいは、雰囲気で把握していた。

その後、笑顔で手を振るエミリーたちと別れ、わたしたちは引っ越し先の家に到着した。

「おお、すっごく大きい！」

「でしょ。ラキが酒造りをするから、大きめの倉庫が付いている物件を探してみたの」

「気が利《き》くじゃないか。さすがスピカ」

「あんたは逆にもっと気を利かせなさい」

南六番通りの七番地は周囲の家屋の三倍ほどの敷地を誇り、その敷地内に大きな倉庫が据え付けられていた。

敷地の境目は生垣で区切られており、境目が一目で分かるようになっている。

建物自体はかなり古いが、しっかりとした造りで頑丈そうだった。

オース大陸の掘っ立て小屋と比べれば、お屋敷と呼んで差し支えない大きさである。

「部屋もたくさんあるから、好きなところを自分の部屋にしていいわよ」

「ほんと!?」

オース大陸では、自分の部屋というものを持つことはできなかった。

狭い小屋なのだから当然の話ではあるし、ラキは酒蔵に頻繁に篭《こも》るので、小屋全体がわたしの部屋といってもいい状態ではあった。

それでも明確に自分の部屋が貰《もら》えるのは、純粋にうれしい。

「ちょっと中見てくる！」

自分の部屋と聞いてテンションが上がったわたしは、スピカさんの言葉を待たずにその場から駆け出した。

玄関の扉の前まで辿り着くと、自分の身長の三倍はありそうな扉を一気に引き開ける。

扉に鍵《かぎ》はかかっていなかったらしく、かなり重い手応《てごた》えを返してきたが、問題なく開くことができた。

ギシギシと軋《きし》んで開いた扉の向こうは、頑丈そうな石造りの床が広がっていた。

まっすぐに伸びる廊下の左右に扉があり、二階へ続く階段も見えた。

わたしは迷うことなく二階へ上がり、南側の部屋の扉を開く。

日当たりの良さそうな部屋は若干《じゃっかん》埃《ほこり》っぽくはあったが、同時に陽《ひ》に干された藁《わら》のような香りがする。

「うん、しっかりお日様が入ってくるみたいだね。ここにしよう！」

窓には贅沢《ぜいたく》にもガラスが嵌《は》め込まれている。さすがに板ガラスは使われていないが、丸い金属の輪で窓を埋め、その輪をガラスで埋めることで窓にしていた。

室内にはベッドと机、それにクローゼットが一つしか無く、飾り気が無いが、小屋よりはマシだ。

「ベッドは……うわ、埃だらけだ。これは干さないとダメかぁ」

先ほど目にした庭はしっかりと手入れされていたらしく、雑草なんかは茂っていなかった。

あの様子ならベッドの上の敷布などを干しても問題はないはずだ。

わたしは敷布と掛布をベッドから引き剝《は》がし、一階へと下りていった。

「おかえり、ティスピン。部屋は決まった？」

「うん、南向きの部屋！　今から敷布を干すから、みんなの部屋のも持ってきてくれる？」

「もう？　っと言いたいけど、そろそろ日が傾いてくるから先に干さないといけないわね」

「別に俺はこのままでも――」

「ラキは黙ってて」

「はい」

わたしに一喝されて、ラキは黙り込む。

こと生活面に関しては、ラキは非常に無頓着だ。

もともと野晒《のざら》しで生活してきたドラゴンなのだから、当然なのかもしれない。

その点スピカさんは人間姿の生活に慣れているのか、細かなところにも気配りが利く。

「はい、持ってきたわよ。干すのは一人で大丈夫？」

「うん。家でも一人でやってたし」

「ラキ、あんたもたまに手伝いなさいな……」

「お、おう。手が空いていた時は手伝っていたぞ」

じろっとスピカさんに睨《にら》まれ、たじろぎながらも言い訳するラキ。

彼が家事を手伝ってくれたのは、もう一か月以上前の話だ。

「じゃあ、ラキは物干し台を作ってくれる？」

「む、まかせろ」

庭に雑草は生えていなかったが、物干し台のようなものは見当たらなかった。

これだけの家なのだから、きっとどこかにあったのだろうけど、朽ちて倒れてしまっているのかもしれない。

ともあれ、ラキはその気になりさえすれば、すごく頼りになる。

わたしに頼りにされたことで張り切ったのか、どこからともなく鉄の棒を数本取り出してくる。

鉄棒を勢いよくX字に地面に突き刺し、そこに鉄棒を渡して物干し台の原型を作り上げる。

それをロープで固定してあっという間に物干し台を完成させた。

「はやい！　さすがラキ」

「当然だ。俺はデキる男だからな」

「自分で言っちゃうかなぁ」

「事実だから問題ない」

鼻高々のラキだが、実際助かったのは事実である。

わたしはお礼を告げてから、手早く寝具を干していった。

その間にもスピカさんが食堂の用意を整えてくれたらしく、わたしが家に戻った時には、すでに夕食の準備に取り掛かっていた。

「あ、ちょうどよかった。ちょっと調味料が足りないから、ラキと一緒に買い物に行ってくれる？」

「わたし一人でも行けるよ？」

「そうだろうけど、見た目がね」

「見た目？」

言われて自分の姿を見下ろしてみる。

どこにでもありそうなワンピース。少々くたびれているのが玉に瑕《きず》だ。

わたし自身も汚れていないし、見た目に問題はないはずだった。

「どこか問題？」

「うーん、周囲にいたのが私たちだったから、自覚がないのね」

「ん？」

わたしが首を傾《かし》げると、スピカさんは屈《かが》んでわたしに視線を合わせた。

そして真剣な視線で、わたしの目を見据え、少し説教口調で語りかける。

「いい？　ティスピンだってすっごい美少女なんだよ。そんな子が一人で町中を歩いたら、危ないでしょう？」

「そうかなぁ？」

「私たちを基準に考えちゃだめよ」

「それは知ってる」

この二人はオース大陸でも有数の実力者らしい。

そんなのを基準にしてはダメなことくらい、わたしだって理解していた。

「ティスピンちゃーん、お手伝いにきったよー！」

その時、玄関の方で先ほどまで聞いた覚えのある声が聞こえてきた。

言うまでもなく、エミリーだ。

「あ、ちょっと行ってくる。買い物の調味料って、どんなの？」

「うっ、タイミングが悪いわね……胡椒が少し足りないのよ」

「分かった、買ってくるね」

「気を付けて行ってくるのよ？」

「はーい」

念のために山刀を腰に吊《つ》るし、わたしは外出用のカバンを持ち出してくる。

「どこか行くのか？」

そんなわたしの様子を見て、ラキも問いかけてきた。彼は今、スピカさんの監督のもと、敷布をはじめとした布を庭に運び出し、干して埃を落とす作業に従事していた。

「うん。スピカさんに頼まれて、お買い物」

「そうか。気を付けろよ。お前が本気を出すと、この町くらいは簡単に滅ぶからな」

「失礼な！　人を暴れん坊みたいに言わないでね」

「まぁ、ティスピンは可愛《かわい》いから、トラブルには気を付けるんだ」

「はいはい」

わたしを心配するラキを置いて、急いで玄関にいるであろうエミリーのもとに向かったのだった。


玄関では、先ほど別れたばかりのエミリーが待っていた。

その呼吸が少し荒れているところを見ると、ここまで走ってきたのかもしれない。

「いらっしゃい、どうしたの？」

「うん、ティスピンちゃんのおうちのお手伝いに来たんだ」

「エミリーちゃんのお引っ越しはいいの？」

「それは大丈夫。おとーさんが先に越してきてたから」

「あ、先に済ませてくれてたんだ？」

「そうそう」

勢いよく話す彼女は、本当にうれしそうだった。

おそらく初めて訪れる町に不安があったところへ、わたしというお友達ができたおかげで安心したのだろう。

しかもラキという非常に頼りになる存在まで一緒なのだから、打算も少しはあるのかもしれない。

「ティスピンちゃんはお父さんと一緒じゃないの？」

「わたしはラキがお父さん代わりかなぁ」

そこまで言って、ふと二人は対外的には兄と姉であることを思い出す。

二人は二十そこその年齢の外見なので、わたしの親とするには若すぎる外見をしているからだ。

「お兄さんまだ若いのに、お父さんは可哀想《かわいそう》だよ」

「そうかも」

そこでエミリーは胸の前で手を組んで、視線を宙に彷徨《さまよ》わせた。

「いいなぁ。カッコいいお兄ちゃんって憧《あこが》れちゃう。わたし一人っ子だから」

「そう？　でもラキって結構ズレてるから、憧れはしないかなぁ」

「もったいない。わたしもお兄ちゃんが欲しかったな」

なんだか『兄』に幻想を持っているらしいエミリーに、上《うわ》の空《そら》の相槌《あいづち》を返しつつ、屋敷を出る。

調味料の買い出しを頼まれていたのだから、そろそろ出かけないと。

そこまで考えて、ふとわたしはこの町に土地勘が無いことを思い出した。

「そうだ、エミリーはこの町詳しい？」

「え？　少しはおとーさんから聞いてたけど」

「じゃあ、調味料を売ってるお店って知ってるかな？」

「それなら知ってるよ」

エミリーは有無を言わさず、わたしの手を取って歩き出した。

わたしはその手に引かれるように歩き出した。

幸い、財布はすでに持っていたので、家に戻る必要は無い。

というか、我が家の家計はスピカさんが握っているといっても過言ではない。

次に金銭的に信頼されているのは、人里に初めて出てきたわたしである。

こう考えると、ラキのダメさ加減がよく分かるというものだ。

「こっちこっち。食べ物関係はこっちの通りがいいんだってお母さんが言ってた」

「へぇ。おばさんも今日初めて来たばかりなのに、よく知ってるね？」

「お父さんが教えてくれたんだって」

きっと引っ越してきた妻が困らないように、近隣の事情なども事前に教えていたのだろう。

情報の伝達がしっかりしているのはうらやましい。その点、ラキはまったくあてにならないし、スピカさんも雑だったりする。

彼らは気が向いたら勝手に飛んでいけばいい世界の強者なのだから、そこまで気が回らないのだ。

「あら、この家に引っ越してきたの？」

屋敷を出たところで、見知らぬおばさんに声をかけられた。身なりは整っていて、温厚そうな雰囲気がある。腕に野菜の入ったかごを下げているところを見ると、近所のおばさんの買い物帰り、というところだろうか？

「あ、はい。ついさっき越してきました」

近所の人とのコミュニケーションは大事だと、なにかの本で読んだことがある。

わたしの言動でラキはともかくスピカさんに迷惑をかけられないので、直立不動の姿勢を取って挨拶を返した。

そんなわたしの様子がおかしかったのか、おばさんは小さく笑いながらわたしたちのそばに歩いてきた。

「そんなに緊張しなくてもいいわよ。わたしはそこの……二軒隣に住んでいるの。これからよろしくね」

「はい！」

返事はハキハキ、しっかりと。そんな言葉を脳裏に思い浮かべながら、緊張した面持《おもも》ちで返事する。

おばさんは緊張するわたしの手を取り、そこに油紙に包まれた小さな『なにか』を掴《つか》ませる。

「はいこれ。飴《あめ》ちゃん食べていきなさい」

「は……え？　えっと、ありがとう？」

なぜ突然飴なのかと首を捻《ひね》るが、好意であることは分かるので、お礼を言っておく。

そういえば東大陸の一部地域では、飴を持ち歩いて配る中年女性が多いらしい。

そういう人たちを総じて『オバちゃん』と呼ぶらしい。『おばさん』では無い。

「近所に可愛い子が来てくれてうれしいわ。賑《にぎ》やかになりそうね」

「わたしも人のいる町は初めてで楽しみです」

「人のいる……？」

「あっ、えっと、賑やかな町って意味で！」

「ああ、そういうことね。ようこそ、グレンデルへ」

オバちゃんはにっこりと満面の笑みを浮かべ、エミリーにも飴を与えてから手を振りながら家に帰っていった。

わたしはその後ろを見送る。なんとも摑みどころのない人だ。

「と、とにかく、買い物に行こ」

「あ、うん。そうだね！」

エミリーの言葉にわたしは気を取り直し、市場へ向かって歩き出したのだった。

「うわぁ」

「はぐれないように手を離さないでねー」

夕刻の時間とあって、その通りは今までの通り以上に人がごった返していた。

わたしはエミリーの手をしっかりと握ったまま、引かれるままに後をついていく。

人ごみを縫うように歩いていくと、小さな屋台の前で足を止めた。

「ここ？」

「うん、ちょっと治安は良くないけど、ここらで一番品質がいいらしいよ」

香辛料は湿気に弱い。露店売りだと品質の管理が難しそうに思えるのだけど、エミリーは自信を持ってそう言い切った。

「おばさん、胡椒見せてもらっていい？」

「おつかいかい？　えらいねぇ。ほら、これだよ」

子供二人が買い物に来たとあって、店番をしていた女性は相好を崩して商品を見せてくれた。

素焼きの壷に入っていた胡椒は、蓋《ふた》を開けた瞬間にその香気を周囲に撒《ま》き散らす。

エミリーが言う通り、本当に品質がいいみたいだ。

「すっごくいい香……かお……っくしゅん！」

わたしと同じように匂《にお》いを嗅《か》いでいたエミリーが、唐突にくしゃみをする。

そりゃあれだけ深呼吸レベルで吸い込んだら、くしゃみも出る。

かろうじて鼻先を手で押さえ、唾《つば》が飛ぶのを防いでいたので、事なきを得た。

「おっと、商品に鼻水を飛ばさないでおくれよ」

「ふぉ、ふぉめんなふぁい」

鼻先を押さえたまま、くぐもった声で謝罪する彼女に、わたしも店番のおばさんも思わず吹き出してしまう。

そこへ香りに誘われたのか、別の客も押しかけてきた。

「へぇ、こりゃいい胡椒だな。俺にあるだけ売ってくれ」

そこに割り込んできたのは、商人風の若い男。しかし、服装が崩れており、だらしない印象がある。

「それは困るよ。この子の分がなくなっちまう」

「ガキの取り分なんて別にいいだろ？　俺に全部売ってくれよ。今すぐ大量に欲しいんだ」

「客は客だよ。買ってくれるっていうのはうれしいけど、そこは譲れないね」

割り込んできた男は、問答無用で胡椒を全部買い上げようとしていた。

おばさんは先に来たわたしの分を考えてか、男の提案に難色を示している。

なんというか、誠実な商売をする人なんだと、妙に感心してしまった。

スピカさんの話では、子供のお使いなんて、軽く見られることが多いらしいのに。

「お嬢ちゃんたちは、どれくらいいるんだい？」

「えっと、この小さい袋一つでいいです」

わたしは店先に吊るされた小分け用の袋の中で、一番小さいものを指し示す。

こちらも壷一つ丸ごと買い上げるだけの額は持っているが、男のことを考えると最小にしておいた方がいいという配慮だった。

しかし男はそれを認めない。

「おいおい、待てよ。こっちは大至急必要なんだよ。それも大量に！」

「え？　でも、わたしの方が先に来てたし」

「うっせぇな、早い者勝ちだ。俺の方が先に注文しただろ！」

確かに買うと発言したのは、彼の方が早い。しかし先に胡椒を出せと言ったのは、わたしが先だ。

それなのにこれほど難癖つけて確保しようとしているのには、理由があるはず。

するとエミリーがわたしの耳元にその理由を囁《ささや》いてくれた。

「この値段だとすごく安いから、きっと買い占めたいんだよ」

「そうなんだ？」

お買い得品を前に目の色を変えているというところか。だからといって、ここで引き下がるのもどうだろう？

別に他の店で買うくらいの資金的余裕はあるけど、この暴挙に引き下がるのはなにか負けた気がする。

そんなことを考えていたわたしに業を煮やしたのか、男はついに行動に出た。

「分かったらとっとと失せな」

こちらの胸をドンと押して、わたしたちを立ち去らせようとする。

そのはずみでわたしは一歩下がり、後ろに隠れていたエミリーが押されて地面に転んだ。

「きゃっ⁉」

「エミリー？　大丈夫？」

倒れたエミリーは変に手をつこうとしたのか、手のひらを擦りむいていた。

その手のひらを伝う血を見て、わたしの頭が沸騰する。

今日出会ったばかりの子とはいえ、子供に暴力を振るう相手に譲歩なんてしたくなかった。

「おばさん、わたしにこの胡椒をひと壷ください。お代はこの魔石でもいいですか？」

エミリーを立たせた後、わたしは怒りにまかせて、そうおばさんに告げた。

そして財布から取り出したのはエステリア大陸の貨幣ではなく、オース大陸で腐るほど取れた魔獣の魔石である。

魔石とは、魔獣の体内に存在する魔素の塊《かたまり》であり、魔獣が魔獣たる所以《ゆえん》となる石だ。

この石の影響で、魔獣はただの獣から魔獣へと変化してしまう。

魔獣の体内に魔石があるというのではなく、体内に魔石ができてしまったから魔獣になるのだ。

しかし魔石の存在は、決して悪ではない。

この石は魔素——いわば魔力の塊であり、これを動力源として動く魔道具も多い。

一般市民の生活にも魔石を使った魔道具は普及しているため、魔石自体の価値は高い。

しかしおばさんは突然差し出された魔石に困惑した表情を浮かべていた。

「足りないですか？　まだ十個くらいありますけど」

「お嬢ちゃん、この魔石……」

魔石の価値を測りかねているのか困惑しているおばさんに、わたしはさらに追加で魔石を取り出す。

それを見て、男は慌《あわ》てたような声で割り込んできた。

「いやいやいや！　こんなでかい魔石をどこで手に入れたんだよ⁉」

「これですか？　スワンプトードの魔石です。前の家の周りにたくさんいましたので、ラキ……兄が採ってきました」

ちなみにこれは嘘《うそ》で、わたしも訓練として何度も狩りに連れ出されていた。

ヌメヌメのドロドロになるので、あまりいい思い出ではない。

ラキが採ってきたことにしたのは、わたしが採ってきたと言っても説得力がないと判断したからである。

「スワンプトードって、そんな危険な……」

おばさんはそれっきり言葉をなくしてしまう。

確かにスワンプトードは危険な魔獣である。体長二メートルを超える巨大なカエルで、長い舌を叩きつけて獲物を仕留める。

舌の威力はとんでもなく高く、鉄の鎧《よろい》が簡単にひしゃげるほどだ。

肉食で性格も狂暴なので、非常に危険……ではあるのだが、言うまでもなくラキやスピカさんの敵ではない。

そしてわたしも、スワンプトード程度なら普通に狩れる。

連中が大繁殖する春先は、討伐し、解体して食用になる肉を確保し、魔石を取り出すという大仕事が恒例行事となっていた。

ちなみに魔石の取り分は、ラキが四割、スピカさんが四割、わたしが二割である。

なのでこの程度の魔石なら、実は結構持っている。今は手元に十個ほどしかないが、引っ越しの荷物の中や小屋に戻れば百個以上のストックがあった。

「えっと、それで足りないですか？」

「え？　いや、もちろん一つで充分足りてるよ！　十壷でもおつりが出る！　でも……」

おばさんはそこでちらりと男の方に視線を向ける。

男はというと、この魔石に対抗できる持ち合わせがなかったのか、ぶるぶると震えて顔を赤くしていた。

スワンプトードの魔石で胡椒ひと壷買えてしまうとか、この店は価格はかなり安いようだ。辺境では香辛料の方が貴重品だったので、価値観の違いに戸惑いを覚える。

「こ、このガキ、俺が先だと言っただろう⁉」

「わたしが先に店に訪れたんですよ。おばさんが証言してくれます」

「ふざけるな！」

男はついに激昂《げきこう》し、わたしの方に手を伸ばしてきた。その手はスワンプトードの舌と比べるべくもなく遅い。

ヒョイと伸ばしてきた手を下から摑み、さらに脇に近い腕を摑んで引き倒す。

そのまま腕を決めた状態で背中に膝《ひざ》を乗せて動きを封じ、腰から山刀を引き抜いて男の首元に突き付けた。

勢い余って山刀の刃が石畳に突き刺さり、男の首の皮一枚のところで止まる。

石を切り裂いたのにほとんど手応えの返ってこない切れ味に、わたしの方が少し驚いた。

男は首筋に刃物を突き付けられた事実を認識し、引き攣ったような悲鳴を上げた。

「ヒ、ヒィッ⁉」

「田舎《いなか》育ちをバカにしないでくださいね。魔獣に比べたら、あなた程度赤子の手を捻るレベルです」

「な、お、お前……」

「いいですか？　スワンプトードのそばに『住んでた』って言ったでしょう？」

噛《か》んで含めるように、優しく男の耳元で囁く。男もその言葉の意味を次第に理解してきたようで、今度は顔が青白くなっていった。

スワンプトードのそばに住んでいた。それはスワンプトードと日常的に戦っていたという事実に結び付く。

「お前、小人族だったのか！」

「いや、違うし。まだ十歳だし」

小人族は西大陸ウェスタリアに多く住む亜人族だ。子供のような外見で成人し、素早く、器用で、そして気分屋。

その性格柄、他大陸でもっともよく見かける亜人でもある。

「ウソつけ、お前みたいなガキがいるか⁉」

「ここにいるじゃないですか、失礼な」

ドラゴンの技を使えば、わたしでももっといろんなことができる。

しかしそれを使ってしまえば精霊に嫌われてしまい、精霊魔術の効果が下がってしまう。

結果、自分の身体能力だけで男を取り押さえたわけだが、この程度の相手なら技を使うまでもない。

「暴れないというなら、解放してあげますけど？」

「あ、暴れない、暴れないから――」

「じゃあ、はい」

わたしが男を解放すると、男は抑え込まれた腕をさすって、所在無さげに立ち尽くしていた。

男が反省したと確認して、わたしは再びおばさんに話しかける。

「お騒がせしました。胡椒ですけど、最初言っていた通りに小袋一つで。お代はこれでいいですか？」

魔石を財布にしまい、代わりに銀貨を二つ取り出した。

普通ならこれで充分おつりがくるはずの額……とエミリーから聞いている。

おばさんは不安そうなわたしの言葉に再び相好を崩した。

「ああ、問題ないよ。ちょっと待ってな」

そう言うと手早く胡椒を袋に詰め、わたしの手から銀貨を一枚取り上げた。

「こいつなら銀貨一枚だ。残りはしまっておきな。それと、そんな高価な魔石、見せびらかすもんじゃないよ」

「はい。ありがとう、ごめんなさい」

おばさんがわたしを心配して忠告してくれたことくらいは、わたしも分かる。

だから素直に感謝と謝罪の言葉を返しておいた。

「あんたも。大人げない真似はよしな。ほら、残りの胡椒なら買ってもらって構わないよ」

「あ、ああ。いや、俺は……」

「なんだい、はっきりしないねぇ？」

「さすがに目立ちすぎたよ。こんなんじゃ、さすがに体面が悪い」

「だけど急ぎで必要だったんだろう？」

「ああ、大口の仕事が入ってな」

店先で子供と口論し、意図していないとはいえ暴力を振るった。しかもその後、わたしという子供に取り押さえられた場面を多くの人に目撃されている。

信用が大事な商人としては、少々不味《まず》い状況と言えるだろう。

周囲の視線に気付いた男は、諦《あきら》めてしまったようだった。

「悪かったな、嬢ちゃん。目先の利益に頭に血が上っちまったようだ」

男はぺこりと頭を下げて謝罪してくる。ここまでされてまだ怒り続けるのも、こちらの分が悪くなってくる。

下げるべき時に頭を下げて、取り繕う辺り、男も商人の端くれに見えた。

「謝罪は受けます。ですけど、エミリーちゃんが怪我《けが》しちゃったのは？」

「あー、それについてもすまなかった」

わたしは少し警戒して山刀を持つ手に力を入れたが、男は暴力を振るうことなくその場に膝をついた。

エミリーの前に跪《ひざまず》いたままハンカチで手の擦り傷を覆い、同時に銀貨を一枚、握らせる。

「詫びってわけじゃないが、これで飯でも食ってくれ。本当にすまなかった。言い訳になっちまうが、東の方じゃ不作で香辛料不足になっててな。今じゃ市場で結構奪い合いになってんだ」

「そうなの？」

「ああ、東は天候が悪かったらしくてよ。特に香辛料が不作なんだと」

男は肩を竦《すく》めると、もう一度だけ『悪かったな』と謝罪してきた。

ついでにわたしの耳元に顔を寄せてニヤリと笑う。

「その魔石、売りたくなったら俺に相談してくれ。三番通りの跳ね馬亭って宿に泊まってるロニーに会いに来たって言えば、通してくれるように言っとくからよ」

「え？」

どうやら彼は、わたしの持つ魔石に興味を持ったらしい。

手をひらひらと振ってから、足早にその場を立ち去ろうとする。

その背中におばさんが呼びかけ、香辛料の入った壺を押し付けた。

「ほら、変な見栄張ってないで持ってきな」

「いや、しかし……」

「私としても品が売れた方がうれしいんだから、買っておくれよ」

「……まぁ、そこまで言ってくれるなら、ありがたく」

できれば飄々《ひょうひょう》とした態度を見せてから立ち去りたかったのだろうが、おばさんのゴリ押しに圧《お》される形で足を止める。

ロニーはバツの悪い顔をしてから代金を払って、胡椒壷を受け取っていた。

わたしもその様子を見届け、おばさんに揉《も》め事を起こしてしまったことを再度謝罪し、エミリーと共に家路についた。

「ティスピンちゃん、こわかったねぇ」

帰路の途中、まだ少し強張《こわば》った顔で、エミリーが告げてくる。

確かに、ただの子供にあのような荒事は向いていないだろう。わたしのような存在は、例外なのだ。

「うん、そうだね。わたしも冷静さを無くして、大人げなかった」

わたしの言葉を聞き、エミリーはくすくす笑い出す。

感情の起伏が激しすぎないかと、わたしは怪訝《けげん》な顔をした。

それを察したのか、エミリーが笑ったことを説明してくれる。

「大人げないって、ティスピンちゃんも子供じゃない」

「あ、そっか」

「それにしても、ティスピンちゃんって強いんだね。ラキさんも強かったし、カッコいい！」

わたしとしては、辺境で魔獣を相手にするよりよほど楽だったので、その感想はすごく斬新だった。

なにより、カッコいいと言われたことが、非常に誇らしく思えた。

「まぁ、わたしも結構頑張ってきたからね！」

「そうなんだ？　わたしも強くなれる？」

「うっ⁉　それは……」

期待に満ちた目で見つめられては、素直に『やめておけ』とは言えない。

しかし、ラキの常識知らずに過酷な訓練を彼女に課すのは、あまりにも酷だった。

なので、全責任をラキに押し付けて、わたしは逃げることにした。

「こ、今度ラキに稽古《けいこ》をつけてもらえるか、聞いておくね」

「やったぁ！」

喜んでぴょんと飛び上がった彼女だけど、正直ラキにまかせるのは不安だらけだ。

正直、いたたまれない気持ちになったので、わたしは話を逸《そ》らすことにする。

「まぁ、さっきはわたしもちょっと頭に血が上っちゃったからね。反省、反省」

「そこは反省するところなの？　かっこよかったじゃない」

「うーん、やっぱり暴力はよくないよね。今まで家の周辺は魔獣しかいなかったから、すぐ力に訴えちゃう」

「それ、どこの魔境に住んでたの……？」

魔境というか、中央辺境なんだけど、それを口にするのは問題になりそうで怖い。

一応表向きには、人跡未踏の地なのだ。

それより気になったのは、おばさんがスワンプトードの魔石程度で驚いていたことだ。

この魔石の大きさは銀貨と同じ程度の大きさしかない。大した大きさではないはずなのに。

「そうだ、エミリーちゃん。この魔石って大きいの？」

そう言って財布から五センチ程度の魔石を取り出して、彼女に見せる。

エミリーはそれをまじまじと見た後、首を傾げながら答えた。

「わたしはよく分かんないけど、大きいんじゃないかな？　おうちの魔導ランプの魔石ってもっと小さかったもの」

「そうなんだ？」

魔導ランプは魔石を動力に明かりを灯《とも》す魔道具である。生活の必需品であり、辺境の小屋にも設置されていた。

言われてみれば、そこに入っている魔石は米粒程度の小さなものだった。

その大きさでも一年以上光を灯し続けることができる。

以前、ラキが調子に乗って魔石をスワンプトードの魔石に付け替えて調節した結果、まるで灯台のような強烈な光を発し、二人して目を押さえてのたうち回ったことがあった。

「あれは……いやな……事件だった」

「な、なにがあったの⁉」

突然死んだ魚のような目になって、ブツブツと呟《つぶや》き出したわたしを見て、エミリーは腰が引けていた。

いやその気持ちは分からないでもないけど。そんな他愛もない話を繰り広げながら、わたしたちは新居へと辿り着いた。

ここでお別れというのも、なにか物悲しい気がして、エミリーを家へ誘う。

「よかったら上がってって。引っ越したばかりだから、お茶くらいしか出せないけど」

「わぁ、いいの？　じゃお邪魔しまーっす」

彼女もこの町で初めての友達の家ということもあって、浮かれていたのだろうか？

わたしの言葉に了承の意を示すと、わたしより先に家に上がり込んでいった。

まぁ、これくらい傍若無人《ぼうじゃくぶじん》なのが、普通の十歳児なのかもしれない。

わたしはラキの修行の影響で、子供らしさが抜け落ちてしまっているらしいから。

「おかえりなさ――あれ、エミリーちゃん？」

「あ、スピカお姉さん、お邪魔します。遊びに来ちゃいました！」

「えっと、それはいいけど、ティスピン、お買い物は？」

「ちゃんと行ってきたよ。ほら、これ」

わたしが胡椒の入った小袋をスピカさんに手渡している間も、エミリーはそわそわと周囲を観察していた。

別に珍しいものなんてないと思うんだけど。

「二人だけで行ってきたの？　ラキは？」

「知らない。どっかをうろついているのかも」

「よく迷子にならなかったわね。平気だった？」

「うん。エミリーちゃんが案内してくれたから。それに変な商人に絡《から》まれたけど、追い払ったから問題ないよ」

わたしの答えを聞いた瞬間スピカさんの目がすうっと細められた。

そして撒き散らされる、とんでもない殺気。

エミリーなどはその殺気に中《あ》てられ、ガタガタと震えながら金縛りにあっていた。

「へぇ……ティスピンに手を出すなんて命知らずなやつね。焼き払ってあげるから、詳しい話をしなさい」

「いやいや、追い払ったって言ったでしょ！　それにちょっと胡椒の取り合いになっただけなんだから！」

「怪我はないの？」

「わたしは平気。エミリーちゃんがちょっと手を擦りむいたくらい」

「やっぱり焼き払うわ」

「だから平気だってぇ!?」

わたしだけでなく、エミリーにまでスピカさんの過保護が向いてしまうとは、予想外だった。

とはいえ、彼女が本気で焼き払ってしまわないうちに、その行動を諌《いさ》めておく。

スピカさんが本気を出せば、人一人焼き払うために町ごと焼き払うとかやりかねない。

「むしろわたしの方が取り押さえて、首筋に刃物突き付けたりしたんだから、あまり大事《おおごと》にしないで」

「……ティスピン、こっちではできるだけ大人しくしててね？　本当にヤンチャなんだから」

「スピカさんにだけは言われたくないです」

そんなわたしたちの会話の間に、スピカさんから発せられていた殺気は霧散していた。

おかげでエミリーの金縛りも解け、わたしたちのやり取りに笑い声を上げていたのである。

それから一週間の間、わたしはエミリーと一緒に町を『探検』したり、魔術学園の試験に備えて勉強したりしていた。

そして試験を終えて結果発表の日、わたしは見事合格の通知を貰ったのである。

「おお、合格だ」

「やったじゃない、ティスピン。おめでとう」

「まぁ、当然だな。俺の教育に間違いはない」

「むしろラキの教育は過剰だったよ。基礎の理論とかばっかりだったもの」

なぜかドヤ顔で胸を張るラキに、わたしは半目になって反論する。

そこへ玄関の呼び鈴が鳴らされたので玄関に行くと、エミリーが待っていた。

「あの、あの、ティスピンちゃんは試験、どうだった？」

「うん、ばっちり」

「よかった！　そうよね、わたしにお勉強教えてくれるくらいだから、落ちてるわけないよね」

「まぁ、簡単ではあったよね」

「うんうん。ラキおじ……お兄ちゃんのおかげね」

美形ではあるが、もっさりした印象を持つラキは、なぜか彼女からおじさん扱いされていた。

それを不快に思ったのか注意を促していたので、今はこんな感じで呼ばれている。

しばらくはおじさん扱いが抜けないだろう。もっと身だしなみを整えればいいのに。

「それでね、それでね？　準備にいろいろお買い物に行かないといけないよね？」

「あー、そうだね。制服とか教材とかいるみたいだし」

「うんうん。だから一緒にお買い物に行かないかなって、お母さんが」

「あ、なんとなく分かった」

きっと初めて学園に子供を送るとなって、なにをどう選んでいいのか不安なのだ。

同じ立場のスピカさんと一緒に買い物に行けば、少なくとも失敗はしないと考えたのだろう。

「スピカさん、どうかな？」

「別にいいわよ。どうせ私も誰かに話を聞きたいと思っていたし」

「そうだよねぇ。じゃあ、一緒に行こうって伝えておいてくれるかな？」

「うん、分かった！」

そう言うとエミリーは手を振って、走り去っていった。

実際、中身がドラゴンのスピカさんに、子供の入学準備ができるかというと、首を傾げざるを得なかったので、こちらとしても助かる話だった。

言うまでもなく、ラキには一切《いっさい》期待できない。

「ラキを連れて行っても、役に立たなさそうだし？」

「そ、そんなことはないぞ。ちゃんと相談を受けてもらえる相手とか、いるし」

「え、ラキって友達いるの!?」

わたしの言葉に、さすがのラキも傷ついた表情をしてみせた。

いや、中身ドラゴンで、ドラゴンの頃《ころ》から生活力もコミュニケーション能力も皆無だったラキに、友達ができたこと自体、驚いても無理はない話のはずだ。

「作った地酒を卸している先の商人の娘も、魔術学園に入学するらしいんだ。そこでいろいろ話を聞いたりしている」

「そうだったんだ。ありがとね、わたしのために頑張ってくれてたんだ？」

「あ、いや、それはその……」

そこでツイッと視線を逸らせる辺り、どんな話をしていたのか非常に気になる。

なにより、ラキに酒以外の話題をこなせる語彙力があったことに驚きだ。

「そういえばラキ」

「ん、なにかな？」

そこでわたしはいくつかの疑問を思い出した。

この一週間、こちらで生活していて、妙なずれを感じていたものだ。

「こっちの魔石の価格、なんだか高くない？」

「ああ。こちらは魔石の質が低いからな。魔石が小さいと魔獣も強く進化できん。まぁ、オース大陸の魔獣が強すぎただけとも言えるが」

「前にスワンプトードの魔石で、壷いっぱいの胡椒を買っておつりがくるって言われたし」

「そうだな、魔導ランプついている魔石で銀貨一枚程度だから、それだと金貨一枚程度の価値はあるかもな」

金貨は五枚あれば、家族五人が一か月生活できる程度の価値がある。

そうなると百個以上持っているわたしは、結構なお金持ちなのかもしれない。

「そ、そうだったんだ？　屋台のおばさんが引き攣っていたはずだよ」

小袋十個もあれば壷一つが満たされる、それが十個で金貨一枚。金貨一枚は銀貨百枚の価値があるから、だいたい計算は合う感じだ。

その他にも気になったことがある。

「それからこの山刀、すっごく切れ味がいいんだけど」

オース大陸にいた頃は、それほど違和感を覚えなかった。

しかしこちらで生活して気付いたのは、この山刀……特にラキから贈られた方が凄《すさ》まじい切れ味を持っているという点だった。

ちなみにスピカさんから贈られた山刀も、通常以上によく切れる。しかも異常なまでに頑丈だった。

商人との一件で、さして力を入れていなかったのに石畳に突き立ったことを考えると、やはり異常だと思う。

辺境では剝《む》き出しの地面ばかりで石畳などなく、柔らかい地面に突き立ったとしても『そんなものか？』としか思わなかった。

「ああ、その山刀は俺たちの鱗《うろこ》を触媒に使った鉄でできているからな」

「へー、そうだったんだ……ん？　鱗？　ラキの？」

「そうだが？」

「スピカさんも？」

「ええ、そうよ」

ラキもスピカさんも、かなり上位のドラゴンらしい。

上位のドラゴンの鱗を使った山刀。そりゃあ、よく切れるはずだ。

「なんてものを渡すんですかぁっ⁉」

っていうか、ドラゴンの鱗を触媒とした山刀なんて、金貨どころの話じゃないはずだ。

一週間で町に馴染《なじ》んだわたしの価値観で見るに、この屋敷が丸ごと買えてしまっておつりがくる。

「待て、オース大陸では普通だったし」

「そ、そうよ、オースでは普通の品だし？」

「二人とも視線を逸らしながら言い訳しないで⁉」

この様子だと、オースでは普通の品というのも、怪しいものだった。

彼らの過保護がここまでのものだったと、改めて思い知ったのだった。


わたしの山刀がちょっと世に出せない代物だと知ってから、さらに一週間が過ぎた。

買い物や入学準備を万全に整えたわたしたちは、ついに魔術学園入学の日を迎えた。

両親代わりのラキとスピカさんを伴い、わたしは魔術学園に向かっていた。

途中で、エミリーとその母親と合流して、談笑しながら通学路を歩く。

ピカピカの通学カバンを背負い、エミリーと手を繋《つな》いで登校していると、似たような光景があちこちに散見できる。

おそらく、わたしたち同様の新入生なのだろう。

「みんなお揃《そろ》いだね」

「そうだねー」

楽しそうに弾《はず》むような足取りで進む彼女のおかげで、わたしの足取りもかなり早くなってしまう。

そんなわたしたちに、町の人たちが微笑《ほほえ》ましそうな視線を向けてくる。

十歳児ではあれど、実際に生きてきた時間がそれ以上に長いわたしとしては、少し気恥ずかしい。

こういう時は、無邪気に喜べなくなるほど長い期間の訓練をつけてくれたラキが、少し恨《うら》めしく思う。

そんなわたしの視界の隅に、小さな毛玉の姿が目に入った。

「ん？」

「ティスピンちゃん、どうかした？」

「うん、あの動物……」

通学路沿いの家の塀。その上で寝こけている小さな毛玉。わたしにとっては初めて見る動物の姿だ。

「あ、ネコちゃんだ。にゃー」

エミリーはその動物——猫の姿を見て歩み寄っていく。

母親も足を止めて、その様子を眺めていた。

まだ時間があるから、寄り道しても大丈夫と思っているらしい。

「あ、あれが……猫？」

「うん、ネコだよ」

「うっそだー。猫ってあれだよ？　三メートルくらいの大きさがあって、牙《きば》が剥き出しで、キシャーーッて唸《うな》ってくる？」

「ティスピンちゃん、それって魔獣なんじゃないの？」

「ま、魔獣だったけど」

確かあれは、フォレストリンクスという魔獣で、書物によると猫科の魔獣だと記載されていた。

だからわたしは、あれが普通の猫の姿だと思っていたのだけど、どうやら違うらしい。

というか、あの姿は……あのもこもこは……

「にゃー♪　にゃー♪」

「に、にゃー」

フラフラと猫に歩み寄り、エミリーと一緒ににゃーにゃーと口にしてしまう。

それくらい、猫という動物は魅力的だった。

不審な足取りで近付き、奇声を上げるわたしたちに怯《おび》えたのか、猫は毛を逆立てて一声威嚇《いかく》し、そのまま塀の向こうへと消えていった。

「……ああ」

「逃げちゃった。残念」

わたしもエミリーと同じく残念に思う。あの毛玉をせめてひと撫《な》でしてみたかった。

「スピカさん」

「ふふっ……っと、なぁに？」

わたしを見て含み笑いを漏《も》らしていたスピカさんが、我に返ってわたしの声に応える。

ちなみにエミリーのお母さんも笑っていた。もっともあの人は常に笑みを浮かべている印象がある。

「猫、飼おう」

「残念。わたしやラキは動物に嫌われるのよね」

「なんで!?」

「本能的に強者を見抜いているのかしら？」

言われて気付く。小さな猫にドラゴンと一緒に過ごせというのは、すごいストレスになるのではなかろうか？

「くっ、無念……」

「ほら、寄り道もほどほどにしないと学校に遅れるわよ」

「はぁい」

わたしとエミリーは未練たらたらにその場を後にする。

この時、いつか猫を飼うという野望を、初めて抱いたのだった。


しばらく一緒に歩いていくと、段々と同じ格好の子供たちが増えてくる。

向かう先はみんな魔術学園だ。これだけの人数が入学することに、少し驚いた。

「こんなに魔術が使える子供がいるんだ……」

「使えないよ」

「え？」

「え？」

エミリーの答えにわたしが驚きの言葉を返し、わたしの反応にエミリーも不思議そうな顔をした。

魔術学園なのに魔術が使えない生徒がいると聞いたのだから、わたしの疑問は正当なもののはずだ。

「エミリーも使えないの？」

「わたしは生活魔術くらいなら使えるよ」

自慢気にドヤ顔で胸を反らす彼女は、まさにピカピカの新入生という風情《ふぜい》で、微笑ましい気分になってくる。

しかし今はそれどころではない。

「魔術が使えないのに魔術学園に入って、どうするの？」

「魔術が使えないから、勉強しに行くんじゃない。魔術が最初から使えるなら、学校で勉強する必要なんてないし」

「そういう意味だったのね……」

この学園は、魔術が使えない者でも使えるようになるための教育を行う場所だったらしい。

エミリーは生活魔術しか使えないため、精霊魔術を覚えに学園に入った。

わたしは精霊魔術が上手く効果を発揮しないため、学園で効果を上げるために通うことになる。

おそらく周囲の子供たちも、そんな感じの生徒ばかりなのだ。

「じゃあ、みんな一から勉強していくんだね」

「そうだよ？」

「よかった。わたしだけ使えないんじゃなかったんだ」

「ティスピンちゃんはちゃんと使えるじゃない」

「効果がねぇ……」

この一週間の間に、エミリーと勉強をするにあたって、いくつかの魔術を彼女に披露したことがある。

相変わらずしょっぱい威力の魔術だったが、それでも彼女は目を輝かせて賛美してくれた。

しかし魔術学園に入学したら、周囲がわたし以上の魔術の使い手ばかりなのではないかという不安も、常に付き纏《まと》っていた。

しかし今のエミリーの言葉を聞く限り、そんな心配は杞憂《きゆう》だったらしい。

「まぁ、みんなと一緒に成長できるんなら、問題ないか」

「うん、頑張ろーね！」

そんな話をしている間に、わたしたちは魔術学園に到着した。


入り口に備え付けられた地図に従い、入学式を行う講堂へ移動する。

大勢の生徒たちと一緒に、指定された席に座り、保護者たちはその後ろで見学する。

やがて始業式が始まり、ひげを蓄えた老人が魔術を学ぶ上での心構えを長々と説いてくれた。

大半の子供たちはその話に興味を持たず、きょろきょろと周囲に視線を飛ばしたり、私語をしては教師に注意されていた。

それから教室へ移動し、ホームルームを受けることになった。

保護者はここで子供たちと別れることになる。

心配そうな顔をしつつも帰っていくラキとスピカさんに、わたしはにこやかに手を振っておく。エミリーも一緒なんだから、そんなに心配しなくてもいいのに。

二人と一緒にいるエミリーのお母さんも、少し心配そうではあった。

ともあれ、教室に入ってこれまた指定の席に着くと、しばらくして担任の教師……？　らしき人物が入ってきた。

疑問形なのは、一見するとその人物が教師に見えなかったからである。

反対に生徒でないと思ったのは、その人物が出席簿を抱えていたからだ。

入ってきた人物は、身長が一メートルそこそこと、わたしたちよりも低い身長をしていた。

微《かす》かに尖《とが》った耳を持っていたので、人間ではなく、西のウェスタリア大陸に住むといわれる亜人種なのだろう。

「はいはい、静かに。みんな席に着きなさい」

出席簿で机の縁をパンパンと叩いて――机の上まで届かなかったのだ――生徒を座らせる。

全員揃っているのを確認して、教師は自己紹介を始めた。

「私はこのクラスの担任のコロンよ。見ての通り小人族。身長は低いけどみんなより年上だから、きちんと敬うように」

自分たちより小さな先生ということもあり、生徒たちの間にざわめきが起きている。

「出席を取った後、今後のスケジュールを説明するから静かに聞いておくこと。いいわね？」

「はーい」

生徒たちは神妙に返事をすると、コロン先生は出席を取り始めた。

ゆっくりと名前を呼んでいくのは、おそらく生徒の紹介の意味も兼ねているのだろう。

全員の名前を確認すると、黒板にこの後のスケジュールを書き始める。

背が足りないので棒の先にチョークを取り付けて器用に書いていくのは感心した。

「入学後一週間は通常授業の流れを勉強してもらうわ。その後は生徒同士の親交を深めるために、二泊三日のオリエンテーション。精霊の多いトライブ地方のラバン村が目的地よ」

入っていきなり泊まりがけの旅行と聞いて、少し驚く。

しかし考えてみれば、ここは辺境とは違うので、旅行も気軽にできるのかもしれなかった。

「それとラバン村は安全な場所だから、安心して。念のため護衛も連れていくし」

精霊の多い場所に行くと聞いて、生徒たちのテンションは目に見えて上がっていった。

やはり魔術を学びに来ている子供だけに、精霊には興味津々らしい。

「運がよければ精霊とも会えるかもしれないわね」

「本当⁉」

「嘘言ってどうするのよ。だからそれまでに基礎的な知識を詰め込んでいくから」

「えー」

精霊に会いたいけれど、勉強が苦手そうな生徒たちからは、微妙な声が巻き起こった。

この辺りになってくると、生徒側の緊張もだいぶ解《ほぐ》れてきたようだ。コロン先生の外見も一役買っているのかもしれない。

彼女の子供のような姿は、警戒心を持てという方が難しいくらい幼く見える。

「今日はこれでおしまいだけど、明日からは授業が始まるから覚悟しておいてね？」

「か、覚悟って？」

「そりゃあ、精霊魔術となると、今までの生活とは全然違う光景を目にすることになるからよ」

悪戯《いたずら》っぽくウィンクをしてみせてから、コロン先生は鼻歌を歌いながら、教室を出ていった。

コロン先生がいなくなって、生徒たちは各々帰り支度を始める。

あまり顔見知りの生徒がいないせいか、教室内はどこか緊張した空気が流れていた。

「あの……」

そんな空気に耐えられなくなったのか、隣に座っていた女子が話しかけてくる。

金髪でおさげ頭の、純朴そうな子だ。

黒髪おかっぱ頭のわたしからしたら、編み込めるだけの長い髪は少しうらやましい。

でも、伸ばしても魔獣に引っ掛けられて、すぐ短くなっちゃうからしかたない。

「わたし、リタっていうの。よろしくね」

「あ、うん。わたしはティスピンだよ」

生徒も少し減ってきた教室で、声が響かないようにひそひそ話で挨拶を交わす。

別に声を潜める必要は無いのだが、なんとなくいまだ残る緊張の気配に圧された結果である。

「ティスピンちゃんはこの町の人？」

「ううん。最近引っ越してきたの。オース……えっと、田舎から」

オース大陸は人跡未踏の地とされている。かつて大陸を侵略しようとした国があっさりと追い返され、逆に国土を焼かれて滅んだという話すら聞いたことがあった。

そもそも世界の中央にあるあの大陸が、なぜ魔獣はびこる不毛の地となったのかというと、あそこが神話の時代に創世神と破壊竜の戦いの場だったからとされている。

そんな、本来なら人が住んでいない場所から来たと口にすれば、悪目立ちしてしまうことは避けられない。

「そうなんだ？　わたしはトマソン村から来たんだ。あ、分かる？　トマソン村」

「ゴメン、分かんない」

「だよねぇ。わたしんちもすっごい田舎だもん」

リタはへらっとした、どこか緩い、ふんわりした笑みを浮かべる。

エミリーの潑剌《はつらつ》とした笑顔とはまた違う、癒《いや》される笑顔だった。

彼女と当たり障りのない世間話をしていると、教室のあちこちで会話が起き始めていた。

人見知りしていたとはいえ、やはり子供である。好奇心が勝り始めたというところだろう。

特にエミリーなどは、すでに左右の席の子供と楽しそうに話していた。うらやましいコミュニケーション能力である。

わたしなんて、クラスから浮いているのか、周囲からチラチラと視線を向けられるだけに留まっている。話しかけてきたのはリタだけだ。

それにしても、オリエンテーションで精霊とコンタクトが取れるというのは、非常にありがたい。

精霊魔術とは、『魔術』によって精霊に助力してもらい、精霊の使う『魔法』を代行してもらうという魔術だ。

言うなれば、術者は魔力という報酬を精霊に提示し、精霊はその魔力を代償に魔法を行使する技術である。

魔術と魔法の違いは、技術として確立しているものが魔術、そうでない不可思議な現象を起こす技が魔法となる。

精霊の使う技はその再現方法が確立していないため、魔法となる。

魔法を使えない人間が、魔法を使える精霊に代行してもらうことで、魔術でありながら魔法の効果を発揮させるという、非常に効率的な魔術体系だった。

「わたしは精霊に嫌われているから、本当にありがたいな」

「え、そうなの？」

わたしの独り言を聞きつけたリタが、尋ねてきた。

聞かれていたとは思わなかったので一瞬緊張したが、よく考えてみればそれほど致命的なことは口にしていなかったのでセーフだ。

「うん。術の発動はできるんだけど、効果はすっごく低くて」

「それでもすごいじゃない。わたしはまだ、なんの術も使えないし」

「エミリーも生活魔術だけしか使えないって言ってたっけ」

生活魔術は手軽ではあるが、それだけに欠点も多い。

せいぜいコップ一杯分の水を出す魔術や、火種をおこす魔術、背負い袋一つ分の収納魔術など、便利ではあるがその効果は最低限のものだ。

しかも術式の改造ができないため、水の量を増やすなどの変更はできない。

その上、術式の抵抗力も低く、識別や解除魔術をかけられると、あっさりと魔術が解けてしまう。

構造式自体が簡素なため子供でも使えるので、世間には広く普及している魔術らしい。

スピカさんがそう言っていたので、わたしの認識に間違いはないはずだ。

「わたしも生活魔術は使えるんだよね」

精霊を介さないだけに、生活魔術はわたしにとって使える数少ない術だ。

これが精霊の力を借りようとすると、一気に効率が悪化する。それだけドラゴンが精霊から嫌われているということだろう。

わたしが生き延びるために教えてもらった技術が、こんなところで悪影響を及ぼしていた。

「すごい、今度わたしにも教えてくれる？」

「わたしから学ばなくても、先生が教えてくれるでしょ？」

「少しでも早く使えるようになりたいじゃない」

「うーん、わたしだと安全に教えられないかも。ラキ……えっと、お兄ちゃんに聞いてみるね」

「お兄ちゃんがいるんだ？」

「うん。知識量だけはすごいんだよ」

「やった。じゃあお願いね」

お祈りみたいに手を合わせてにっこりするリタに、小さく頷《うなず》いておく。

そんな話をしているうちにエミリーがわたしのもとに駆け寄ってきた。

まるで子犬のような仕草で、思わず小さく噴き出してしまう。

「ティスピンちゃん、一緒に帰ろ」

「うん、いいよ」

どうせ彼女はわたしの家と近い。帰り道も似たような順路になってしまうため、一緒に帰ることになってしまう。

　すると隣にいたリタも、同行を申し出てきた。

「ティスピンちゃんはどこに住んでるの？　わたしは南四番通りだから、方向が一緒なら、わたしも一緒がいいなぁ」

　南四番通りはわたしやエミリーが住んでいる場所から、二つズレた通りの名前だ。

　少々離れてはいるが、方向自体は同じ。少し遠回りになるけど、せっかくできた友達なのだから、もう少しお話はしたい。

「あ、わたしは南六番通りだよ。じゃあ一緒に帰る？」

「うん！」

　珍しくはっきりとした口調で答えると、リタがカバンを背負い始める。

　わたしも帰宅の準備を済ませて席を立ち、三人で南通りへ向かったのだった。

翌日から、わたしたちはオリエンテーションに備えて、瞑想《めいそう》の授業を受けることになった。

とはいえ、一日中瞑想しているわけではなく、一日一度十分程度の指導を受け、その後三十分程度瞑想を実践するだけの授業だ。

エミリーはその最中に居眠りしてしまい、何度もコロン先生のチョーク攻撃を受けていた。

この授業の目的は体内にある魔力を感じ取り、体外に出す行為が目的となる。

体内の魔力を外に出せない限り、精霊に魔力を渡すことができない。それを可能にして初めて、精霊と魔力のやり取りができるようになる。

だだっ広い、椅子《いす》も机もない教室に移動し、そこで座って膝《ひざ》の上に手のひらを上にして乗せ、瞑想する。

「魔力を出せないことには、精霊も手伝ってくれないし、生活魔術すら使えないからね。魔術を使うなら、これは最初の一歩になる。ここで躓《つまず》いていたら、魔術は使えないと思いなさい」

コロン先生の言葉を聞きながら、わたしは手のひらに魔力を集中させる。

ラキの修行を受けて魔術を学んできたわたしにとって、これくらいのことはできて当然だ。

というか、この魔力放出を戦闘中にできなければ、精霊魔術を戦闘に活用できない。

「あー、ティスピンはそこまでにしておいてねー。それ以上魔力を出したら物理的な衝撃に変換されちゃう」

「はーい」

中でもわたしは特に優秀らしく、こうして逆に注意されてしまうこともしばしばあった。

そんなわたしを見て、コロン先生は呆《あき》れた声をかけてくる。

「どうしてそれだけの魔力があって、今更この学校に来たんだか」

「精霊魔術の効果が低いんですよ」

「よっぽど魔力の質が低いんかねぇ」

「それはそれで酷《ひど》い話ですから、ちょっとは手加減してください」

コロン先生はよく言えば無邪気、悪く言えば歯に衣を着せない。

こんな話をされたら、わたしでなくとも落ち込むと思う。

「ごめんごめん。でも、量自体はすごいよ。私より多い……いや、下手したら魔人族より多いかもね」

魔人族は南方大陸ザクセンに住む人々である。

体質的に虚弱ではあるが、魔力量自体は全人族最大を誇り、強大な精霊魔術を扱えるとか。

「子供の頃《ころ》から訓練させられてましたから、そのせいかもしれませんね」

「……今だって子供でしょうに」

「あはは」

ちらっと周囲を見ると、リタがうらやましそうにこちらを見ていた。

エミリーは魔力の放出はすでにできていたのだが、魔術に親しんできた経験がない彼女は、まだ苦戦している。

とはいえ体内の魔力は充分にあるように感じられるので、放出も近いうちにできるようになるはずだった。


瞑想の授業を受けた後は、歴史の授業があった。

魔術に関する知識を学ぶ学園だけに、歴史の他《ほか》にも文法や古語の授業なども存在する。

中には子供には厳しい授業内容なのじゃないかと思えるものもあったが、新しい知識に触れることができるわたしにとっては、楽しい授業だ。

「というわけで狂王ザガンによるオース遠征は行われたのよ」

黒板の前でコロン先生が教科書の歴史を解説している。

今日の授業内容は、過去にエステリア大陸の沿岸部にあった国家が、オース大陸に遠征して国を滅ぼした事件の話だった。

「オース大陸は魔獣が多く、魔石が大量に採れる。地下資源も手付かずで、この遠征に成功すれば、確かにフロン王国は大いに潤ったでしょうね」

フロン王国は、今わたしたちが住んでいるティタニア王国の前身に当たる。

この遠征の結果、大陸を守るためにドラゴンたちが動き出し、遠征隊を焼き払っただけに留まらず、フロン王国の穀倉地帯にまで逆侵攻して焼き払い、その結果国が滅びてしまったのだとか？

その後この地に建てられた国が、今のティタニア王国であるらしい。

「しかし大量のドラゴンの出現により遠征隊は壊滅。穀倉地帯を焼かれることとなった」

教科書の内容はスピカさんと同じもので、わたしにとっては少し物足りない内容だった。

もう少し、スピカさんの話と違う面白《おもしろ》そうな事実があればいいのにとか、不謹慎なことを考えてしまう。

「しかもザガン国王の前にドラゴンを統《す》べる竜帝、星霊竜《アストラルドラゴン》のスピカレウスが現れ、二度とこのようなことをしないように恫喝《どうかつ》したのだとか」

「ええっ!?」

「わっ、どうしたの、ティスピン？」

わたしが思わず声を上げたのを不審に思い、コロン先生が尋ねてくる。

しかしこれに対してはわたしは言葉を無くし、『な、なんでもありません』と答えるのが精いっぱいだった。

スピカレウスとはスピカさんのフルネームである。

まさかドラゴンの中で一番偉いとは思わなかった。しかも王様の前に出て恫喝してくるとか……あ、でもこれはやりそう？

わたしは机の上に突っ伏し、小さく呟《つぶや》く。

「なにやってんすか、スピカさん」

「どうかしたのティスピンちゃん？　調子悪いの？」

「ううん、なんでもないよ」

隣のリタが心配してくれるので、わたしは顔だけ向けて愛想《あいそ》笑いを浮かべておく。

その間もコロン先生の解説は続いていた。

「星霊竜《アストラルドラゴン》スピカレウスは創世神グローディア様の腹心と呼ばれ、今も眠り続ける滅界邪竜レクストラキアを見張り続ける存在だという」

「へぇ、そんなことしてたんだ」

スピカさんはドラゴンの中でも偉い方のドラゴンだというのは、知っていた。

そしてなにかと忙しく動き回っているのも、知っている。その理由が滅界邪竜レクストラキアの監視だとは思わなかった。

邪竜の監視という大変な仕事をしているわりに、毎晩のようにわたしたちの小屋に押しかけてきて夕食を食べていたので、全然気付かなかった。

「レクストラキアについては説明が要らないよね？　創世神様の影としてこの世界に生まれ、創世神グローディアと同格の力を持つ破壊竜よ。それゆえに創世神が生きている限り、決して滅びることはない」

「だから眠らせるしかなかったんだねー」

コロン先生の解説に、最前列の席に着く男子生徒が合の手を入れる。

その声に先生も鷹揚《おうよう》に頷《うなず》き、続きを進めた。

「逆に言えば、レクストラキアが生きている限り創世神様も死なない。だから決してレクストラキアに手を出すことはできないの」

「なんで？」

「グローディア様とレクストラキアは表裏一体。グローディア様が死ねばレクストラキアも死ぬ。レクストラキアが死ねばグローディア様も死んじゃうからよ」

創世神はこの世のすべてを作り出した存在といわれている。

それはこの世に生まれてくる、すべての生命の親とも言える存在だ。

だから創世神が死ねば、この世界に新たな生命は生まれてこない。動物だけではない、植物も芽吹かず、世界は死の大地と化してしまうだろう。

それは世界の滅亡に等しい。

逆にレクストラキアには、すべての生物や物質、現象までも滅ぼす力があるのだとか？

「まぁそんなわけで、レクストラキアの眠りを守るスピカレウスに手を出すことは、絶対にしてはいけない。たとえ国王であってもこれは同じなのよ」

その人、今この町で人の生活を満喫してますけどね。

今日も買い物で、奥様方の井戸端会議に花を咲かしているに違いない。

最近は『うちの旦那がねぇ』と愚痴るおばさんと、『うちのラキも――』と返すのが定番になっているとか。

わたしの愚痴は周囲に届くことはなく、誰にも聞かれずに宙へと消えていったのである。


その日の最後の授業。この日は三日後に控えたオリエンテーションの準備に費やされた。

「それじゃ、オリエンテーションで組む班を作って。三人一組で十の班ができるわね」

「はーい！」

コロン先生の言葉に生徒たちは一斉に手を上げ、仲の良い者同士が班を作っていく。

わたしと班を組もうとしていたエミリーとリタも、わたしのもとにやってきていた。

「えっと、ティスピンちゃん、一緒になってくれるよね？」

「うん、いいよ」

「わ、わたしも一緒していいかな？」

「もちろん」

リタもエミリーの言葉に便乗する。

三人一組というのは、いつも一緒に行動しているわたしたちにとっては、非常に都合がいい。

わたしはいろいろと隠し事があるため、見知った友人じゃないと少し心配になってしまうからだ。

この二人は最近、わたしと一緒にラキやスピカさんの教育を受け始めているため、多少の粗は見逃してくれる。

「でもいいの？　わたしと一緒にいると、精霊に嫌われるかもしれないよ？」

「え、大丈夫じゃないかな？　むしろティスピンちゃんのすっごい魔力に寄ってくるかも」

「寄ってきてくれるんなら、わたしも苦労しないよ」

学園で分かったことは、わたしの魔力量は人族としては異常に多いということ。

だというのに、精霊がまったく寄ってこないくらい、嫌われているということだけだった。

もしわたしと班を組んだ場合、その嫌われ振りが伝染してしまう可能性がある。

「んー、だいじょぶじゃない？　だってわたしたち、もともと精霊魔術は使えないしー」

「そ、そうだよ。もとから使えないんだから、気にしないで」

それもどうかと考えなくもないが、その心遣いは大変うれしい。

わたしは二人に頭を下げ、そのままコロン先生のもとに班の通達に向かった。

「先生、わたしたち三人で班を作ります」

「んー、ティスピンにエミリー、リタの三人か。悪くないんじゃないかな？」

コロン先生はそう言うと、名簿に班分けを記入していく。

エミリーは入学当初から生活魔術が使える優等生だったし、リタも潜在的な魔力量はかなり高い方だ。

そこに人外の魔力量を持つが精霊に嫌われているわたしが加わるのだから、力量的にはバランスが取れている……かもしれない。

「じゃ、君たちの班は四班ね」

にんまり笑ってコロン先生は班の心得を記載した用紙を手渡してくる。

そこにはオリエンテーションで向かう村の地形などが記載されていた。

「ここがラバン村ですか？」

「そうよ。山岳部にある村で、自然が厳しいところだから、勝手な真似《まね》はしないように」

「はーい」

山の中というのは、町に住む人間が思う以上に厳しい環境だ。

高地ゆえに気温は低く、茂る草木は危険な獣の隠れ蓑《みの》になる。

急な勾配は歩くだけで体力を奪い、獣から逃げる足を鈍らせる。

嫌な要素が続けざまに頭をよぎっていく。

「まぁ、村の中にいる限りは大丈夫だから、そんなに深刻な顔しないで」

「うっ、顔に出てました？」

「ばっちり」

「実家が山の中みたいなものだったから、ちょっと思い出してしまいました」

「そういえばティスピンは地方から出てきたんだっけ。そこも険しいところだった？」

「ええ、それなりに」

それなりどころか、おそらく世界でも最高峰に危険な場所だっただろう。

しかしそれを真っ正直に話す必要は無い。

「じゃあ、自然の中の立ち回りの知識はあるわね？　みんなのフォロー、よろしくね」

「うっ、藪蛇《やぶへび》だったかぁ」

「デキる生徒は使わないと」

ぱちりとわたしにウィンクするコロン先生は、生徒に交じっても分からないくらい可愛《かわい》い。

そんな仕草《しぐさ》で頼まれたら、わたしだって断れないじゃないか。

溜《た》め息一つだけ残してわたしはエミリーたちのもとに戻り、班が結成されたことを伝える。

同時に貰《もら》った用紙を二人にも渡し、その内容を熟読した。

「旅程は二泊三日なんだね」

「二日目は精霊の住む泉に行くんだって。会えるといいなぁ」

「精霊なんだから、目に見えないんじゃないかな？　それよりわたしは、猛獣の方が心配だよ」

「えー、村の近くだからいないんじゃない？」

お気楽にエミリーが返すが、村の周辺には稀に熊が見受けられるという記述を見つけ、わたしは眉《まゆ》をひそめた。

今は春先。熊が冬眠から目を覚まし、食料を食い漁《あさ》っている時期でもある。

「この時期は熊とか出て危ないんだよ？　あいつら、無駄に家よりでっかいし」

「えっ？　そんなに大きかったっけ？」

リタはわたしの言葉を聞いて、首を傾《かし》げる。

しかしわたしは実際に熊に倉庫を漁られた経験があるので、彼女の間違いを正しておく。

「うん、油断すると倉庫を押し潰《つぶ》して、中の食べ物を漁るから困ってた」

「わたしが見たことのある熊って二メートルくらいだったんだけど？」

「きっと子熊だったんじゃないかな？」

とはいえ、わたしが見たことがある熊は、キラーグリズリーという魔獣が多い。

このキラーグリズリーは全長が五メートルほどある熊で、よく食べ物を漁りに小屋のそばにやってきてはラキに狩られていた。

二メートルくらいの熊なら、キラーグリズリーの子熊と同じくらいの大きさだから、きっとそれを見たのだろう。

「そ、そう、なのかな……？」

リタと一緒にエミリーまで首を傾げる。

そこまで不思議そうな顔をされると、わたしが間違っている気分になってしまうじゃないか。

ともあれ、山村としてはもっとも神経を尖《とが》らせている時期に違いない。

そんな時期に百人を超える子供を引き連れて押しかけるのは、ひょっとすると迷惑なのではなかろうか？

ふと、不安が脳裏をよぎるが、向こうも商売が絡《から》んでいるだろうし、余計なことは考えないでおくことにした。

わたしが心配するようなことは現地の人だって分かっているだろうし、正に余計なお世話というやつだ。

それにこの警告文自体、好奇心旺盛な子供の動きを制限させるための、脅し文句という可能性もある。

「それより先に魔力を放出できるようにならないと、精霊も寄ってこないんじゃない？」

「うっ、ティスピンちゃん、ずるいですぅ」

三人の中で唯一魔力放出に手間取っているリタが、珍しく泣きそうな顔をして抗議した。

ポカポカと肩を叩《たた》いて抗議してくるので、笑ってそれを受け流し、席に戻ったのだった。

学園が終わると、いつものようにわたしたち三人はいったん家に戻り、それから再びわたしの家に集まっていた。

もちろん遊びに来るわけではなく、魔術の勉強をするために集合するのだ。

当初、クラスメイトたちに稽古をつけることを、ラキはあまりよく思っていなかったようだが、それも純真な二人と付き合ううちにあっさりと絆《ほだ》されてしまっていた。

ラキの持つ『時間経過を遅くする』技術でわたしと同じような稽古をつけてもらおうとしたのだが、これはラキによって否定された。

なんでもわたしは、オース大陸で幼い頃からラキに鍛えられていたから、あの技術が使えるのだとか。

スピカさんに聞いても同じような答えなので、きっと嘘《うそ》じゃないのだろう。

「むむむ……」

「力んだって魔力は出ないぞ。息を吐くように自然に」

「そんなこと言われても」

「本来、魔力というのは微量に漏《も》れるものだ。それを増やす感覚でいればいい」

「ごめんなさい、さっぱり分かりません！」

「まぁ、歩き方を教えてくれと言われても教えられないのと同じだな。その行為が日常的すぎて、いつもは意識していないからな」

ラキの言葉にさらに混乱するリタに、わたしは背後から彼女の手に自分の手を重ねる。

「ラキの言葉は分かりにくいからね。まずは深呼吸して息を吐くことに集中して」

「う、うん」

後ろから抱き着くような格好でリタの手を支え、耳元で囁《ささや》くように静かに言葉を続ける。

「胸が上下する感覚に集中して。次に息を口からでなく、手のひらで吐き出すようなイメージ」

「むー……」

わたしの言葉に素直に従い、手のひらに意識を集中させたのか、リタの体内の魔力が微《かす》かに揺らぐ。

そして手のひらの方に収束していき、まるで儚《はかな》い吐息のように漏れ出してきた。

「わ、できたよ、リタ！」

「えっ、ホント？」

とはいえ、魔力は目に見えない。わたしが感じ取っているのも、自分の魔力を共鳴させるようにして探っているにすぎない。

半信半疑で自分の手を見つめるリタから、エミリーがわたしを引き剝《は》がした。

「もー、リタちゃんばっかりずるい。わたしにも指導して」

「よし、では俺《おれ》が――」

「ティスピンちゃんにお願いするから」

「お、おう……」

速攻でエミリーに拒否されたラキが、しょんぼりとした仕草で部屋の隅にしゃがみ込む。

そんな彼の姿に、リタは声を上げて笑い出した。

ともあれ、リタも魔力放出のきっかけくらいは摑《つか》めたみたいだ。

元の魔力量も多いようだし、オリエンテーションで精霊と接触することで、魔術に目覚める可能性も高まった。

魔術学園は十歳から五年間在籍できることだし、その間に精霊魔術を使えるようになるのは確実だと思われる。

「まぁ、エミリーの方は問題なさそうだけど」

リタとは逆に、エミリーは非常に順調だった。

もともと生活魔術を行使できたので、魔力の放出に関してはまったく問題ない。

彼女の問題点は、むしろ記憶力というべきだろう。

「あれー、また失敗しちゃった」

「ここ、魔術陣が間違ってるよ」

「あ、うっかりー」

シンプルな生活魔術と違い、精霊魔術は精霊に魔法を代行してもらうという手順を踏む。

つまりどのような効果を欲しているか、それを精霊に伝える必要がある。その伝達手段が魔術陣だ。

どういった効果を、どれほどの距離に、どれだけの範囲に、どれだけ代償の魔力を提供するか、それを詳細に精霊に伝えるのが魔術陣の役目だ。

これを間違ってしまうと、意味不明な図形になるらしく、精霊たちに一切《いっさい》興味を持ってもらえない。

精霊魔術は魔力を放出し、この魔術陣を中空に描くことで効果を発揮させるのだが、エミリーはこれを覚えるのが非常に苦手だった。

「うぬぬ、むずかしい」

「魔力の制御自体は天才的なのにねぇ」

入学前に生活魔術を使えていただけあって、エミリーの制御能力は生徒たちの中でもピカイチだった。

しかし複雑な構成を要求される精霊魔術では、天才肌というだけでは使いこなせない。

彼女の制御力があれば、覚えてしまえばどうということはないだろうから、あとは時間の問題だとは思う。

「オリエンテーションまではあと三日だけど……そうだ、ラキ?」

じっくり時間をかければ覚えられるが、その時間が残り少ない。

無理は承知で、ラキに時間を延ばす技を使ってもらえないか、合図を送る。

「ダメだ」

「え、なんで？」

「ティスピンの願いだから叶《かな》えてやりたいところではあるが、あの技は入念な下準備が必要なんだ」

「入念な下準備？」

そんなものをした覚えは、わたしにはない。

ということは、ラキがこっそりとなんらかの仕込みを行っていたということだろうか？

「ティスピンは鍛えることを前提に、赤ん坊の頃からいろいろと準備をしていたんだ。だから『あの技』にも耐えられる。しかしこの子たちはそれをしていない」

「していなかったら、どうなるの？」

「急激な時間の変化に耐えきれず、肉体が崩壊するかもしれん」

「怖っ!?」

ドロドロ溶ける二人を想像して、わたしは全身に鳥肌が立つ。

ラキはそんなわたしの懸念を知ってか知らずか、少し考えるそぶりをして、別の提案をしてきた。

「いきなり『あの技』は無理かもしれんが、その前提の身体《からだ》作りから始めれば、いつかはできるようになるかもしれんな」

「身体作りから？」

「うむ」

「ラキさん、わたしそれやってみたい！」

わたしの心配を無視して、エミリーが快活な声を上げる。

この怖いもの知らずなところは、彼女の長所とも短所ともなり得る。

「いいのか？　そこそこきついと思うが……」

「やってみないと分かんないし。リタちゃんもやってみようよ」

「えっ、うーん……それで魔術が覚えられるなら？」

リタも乗り気になったところで、ラキは場所を移動させた。少し広めの空いている部屋で、床に柔らかい厚めの絨毯《じゅうたん》を敷いていく。

これなら多少勢いよく転んでも、怪我《けが》をすることがないだろう。

「よし、行くぞ。辛《つら》くなったら、すぐに言うように」

「はぁい」

「が、頑張りますっ」

エミリーとリタの言葉を受け、ラキは軽く目を細める。それだけで術が発動したのか、部屋全体に強烈な重圧がかかった。

これはわたしにとっては馴染《なじ》んだもので、重力が二倍ほどに増やされる術だ。

椅子やテーブルがミシリと軋《きし》みを上げ、わたしも足に強めの力を込める。

同時にエミリーとリタがバッタリと倒れ込み、苦しそうな声を上げていた。

「ぐ、ぐぎぎぎぎ……」

「か、かはっ!?」

その呻《うめ》きは確実に苦痛を表しており、辛いという言葉すら出せずにいる様子だ。

「ラキ、ストップ！　さすがにこれはダメ！」

「……やはり無理か」

ラキの言葉が終わるより早く、部屋の重圧が解ける。

解除と同時に二人は大きく息を吐き、息を整えていた。

「二人とも大丈夫？　怪我はない？」

わたしは二人のそばに駆け寄り、怪我の有無を確認する。

幸い、骨折などの大怪我はなく、内臓などにもダメージは残っていないようだ。

「急にティスピンと同レベルの身体作りは無茶だったようだな。すまん」

「いえ、わたしが言ったことだから……」

「もう少し軽いところからお願いしますぅ」

「その辺のカリキュラムも考えておこう」

ラキはどこか目を輝かせて、そんなことを言っていた。

どうも、わたしを育てたことで、育成にハマっているのかもしれない。

この調子だと、どんな危険な訓練を彼女たちに課すか分かったものではなかった。

そんな危険な真似はさせられないので、やはり普通に努力してもらうことにしよう。


二時間程度の、ラキとの自習を終え、わたしはエミリーとリタを送りに町に出た。

夕方になると、通りも賑《にぎ》やかになるが、その分物騒な人間も増える。

エミリーの家は近くだけど、リタの家は少し離れているので、一人で返すのは心配だった。

わたしがついていれば、彼女たちの身を守ることもできるはずだ。

「それにしても、今日の訓練はキツかったぁ」

「キツいっていうか、あの『身体作り』っていうのがすごかったね」

「うんうん。急に身体が重くなって、床にびたーん、って」

「あはは。でもごめんね、ラキは加減ができないから」

「ううん。わたしたちが言い出したことだし」

にこやかに返してくれるからいいけど、怪我をしていたら、それどころではなかったはずだ。

そう思うと、二人の教育については、ラキにもっと注意してもらうように言っておかねば。

そんなことを考えながら、通りを歩いていると、不意に世界から音が消える。

「――っ⁉」

いや、音が消えたわけではない。そう錯覚してしまうほどに、静謐《せいひつ》な気配がわたしのそばに現れていた。

「どうしたの？」

事態に気付いていないエミリーが、不思議そうに首を傾げていた。

その背後に、すらりとした女性が佇《たたず》んでいた。

輝くような金髪に氷のような青い瞳《ひとみ》。整った容姿とメリハリの利《き》いた体形を持つ、目の覚めるような美女だ。

輝くような髪に珠《たま》のような肌。完璧《かんぺき》に整った造作。だというのに……

「変な……人？」

髪はあちこちに向かって跳ね、目は眠そうに半眼に閉じられている。

寝起きの美女を表現したら、彼女のようになりそうだった。

だが、この気配の静けさは、ただ事ではない。

美女はわたしたちを指さし、淡々と、静かな声で告げる。

「そこの可愛いお嬢さんたち、占いはいかがですか？」

「………………」

リタとエミリーはその声に反応し、背後に現れた女性を振り返る。

突然背後に登場した女性の美貌《びぼう》に声を無くし、しばし沈黙。

そして高らかに叫んだ。

「兵隊さん、不審者さんです！」

「違います。不審だけど親切な人です」

眠そうな声のまま、美女が否定する。

それにしても自分で不審と主張するのは、それはそれで怪しい人なのではなかろうか？

「私は善意の占い師なのです。話を素直に聞いた方が良いですよ？」

「話って？」

問いながら、わたしは彼女との距離を詰める。

エミリーたちの前に出て、手を伸ばせば届くような距離に入る。

だというのに、目の前の女性の気配は静かな……まるで存在しないかのように凪《な》いだままだった。

「まずあなた。最近体重が増えてますね？」

「うっ⁉」

占い師の女性はチョイチョイとわたしたちを手招きし、道の端へと誘導する。

確かに通りの真ん中で立ち話をするのは、邪魔になる。

「な、なぜそれを？」

端に寄りながら、わたしは女性に胡乱《うろん》な目を向けた。

そんな視線をどこ吹く風と受け流しながら、女性はマイペースに語り始める。

「その前にまずは自己紹介。私はディア。あなたは？」

「あ、ティスピンです。こっちはエミリーとリタ」

わたしの紹介を受けて、二人がペコリと頭を下げた。

その動きがシンクロして、どこかおかしく感じる。そんなわたしの心を読んだのか、反撃とばかりにエミリーが告げてくる。

「ティスピンちゃん、重くなったの？」

「重くなった言わない。こっちはご飯が美味《おい》しいから、ちょっと食べすぎただけ。すぐ戻るし」

「重くなったんだね……」

「いや、だから違うの。すぐ戻るから」

中央辺境大陸オースとこの東大陸エステリアでもっとも違いを感じたのは、食生活の充実である。

多種多様な食糧、香辛料。それらを駆使した料理の数々。調理技術の高さと相まって、わたしの食欲は止《とど》まるところを知らなかった。

このわずかな期間に二キロも増えたのだから、反省すべきところは多々存在する。

スピカさんなどは、育っただけと微笑《ほほえ》んでいたのだが、気になることは気になるのだ。

屋敷の風呂場《ふろば》に体重計を設置した前家主に、苦情の一つも申し上げたい気分である。

「次にそちらの方。魔術で悩んでますね？」

けど。

いや、占いというにはなんの道具も使っていないので、本当に占いなのかどうか疑わしい
次に女性――ディアはリタを指さして占い始める。

「は、はい」

しかし告げる声に淀みはなく、まるで分かっていたことを話すかのように淡々としている。

「大丈夫です、育った環境のせいで精霊に声が届きにくいだけで、精霊魔術の素質自体はあります」

「そうなんですか!?」

わたしから見てもリタは内包魔力が多い。ちょっとしたきっかけで大きく化ける可能性はあった。

見ず知らずの人とはいえ、太鼓判を押してもらって喜んでいる。

ディアの意見にわたしも異論はないけど、そうも無邪気に受け入れるのはどうなんだろう？

警戒心が足りないのではないかと心配になってくる。

「最後にそちらの方。近々命の危険があります」

ディアは最後に、エミリーを指さしてそう告げた。

その様子はまるで、死を告げる妖精《バンシー》のように不吉な気配を漂わせていた。

わたしはその段階で、ディアに向けて殺気を飛ばす。友達に不安を煽《あお》るような言葉を投げか

ける人と、友好的な関係にはなれそうになかったからだ。

中央辺境大陸の魔獣ですら怯《ひる》むわたしの殺気を受け、それでも女性は何事もないかのように佇んでいた。

それだけではない。目の前の女性の力が、わたしには読み取ることができなかった。

これまで、年齢不相応な修羅場を生き抜いてきた自信があるだけに、かなりの衝撃を受ける。力が読めないということは、わたしよりも強いという証明でもあるのだから。

エミリーもこわばった顔のまま、ディアに問い返す。

「どういう、意味ですか？」

「そのままの意味。いつかは分からないけど。私は占い師だから、そういう運命を読み取れる」

なんとなく、占い師という職業を隠れ蓑に、言いたい放題言っているだけのような気がしないでもない。

しかし、だからと言って聞き流すには、不穏すぎる内容だった。

「危害を加えるのは、あなたです？」

わたしは腰の山刀に手をかけつつ、そう問い詰めた。しかしディアはまったく動じる気配がない。

わたしなど歯牙《しが》にもかけないと言わんばかりに、泰然自若《たいぜんじじゃく》としている。

「違います。占いによると……海に関連する？」

「海……なら、海に近付かないといいのかな？」

「そこまでは分からない。未来は常に混沌《こんとん》としているから」

考えてみれば怪しい占い師の戯言《ざれごと》なんだから、そこまで真に受けることはなかったかもしれない。

ともあれ、話が胡散《うさん》臭い方向に進んだのは確かだ。わたしの警戒心もさらに増す。この場を離れた方がいいのではないかと、思い始めていた。

しかしわたしより先に話を打ち切ったのは、当人であるエミリーだった。

「わたし、もう帰ります！」

「エミリーちゃん？」

そりゃ、面と向かって『あなたに危険が迫っている』なんて言われたら、気持ち悪く感じるだろう。

「わたしも、もう帰ります」

エミリーに続いてリタもその場を離れた。

おっとりとしつつも礼儀正しい彼女が、一礼すらしていないところに焦《あせ》りを感じる。

「待って。ティスピンは困ったら悪縁に頼るといい。きっと欲しい話が聞けるはず」

ディアはまだそんな声を上げていたが、わたしたちはその声を振り切り、足早にその場を離れたのだった。

わたしたちはしばらく無言で路地を駆け抜け、リタの家の前まで来たところで足を止めた。

「へんな……人、だったね」

ここまで走って来たので、エミリーの息は乱れている。リタの方は田舎育《いなか》ちというだけあって、体力的に余裕があるようだった。

気持ち悪く思ったのはリタも同じだったらしく、ちらちらと家の方に視線を向けていた。

おそらく、家の無事を確認したいのと、早く家という安心できる場所に戻りたいという気持ちからの行動だろう。

その気持ちを察したわたしは、エミリーの呼吸が整った頃合いを見計らって、リタに別れを告げる。

「それじゃ、わたしたちはエミリーちゃんの家に向かうから」

「うん。ティスピンちゃんも気を付けてね？」

「あの人の言うことを信じるわけじゃないけど、この時間だからね。気を付けるよ」

「ごめんね、送ってもらっちゃって」

「いいって、いいって」

エミリーもリタも、身を守るための武器を持っていない。

だから私が彼女たちを送るようにしていたのだけど、あんな人に出会うのならば、ラキにも一緒に来てもらえばよかった。

わたしはともかくエミリーたちは、ラキがいればずっと安心できたはずだ。

「ちょっと、都会を甘く見てたかなぁ？」

「うん？」

「今度から送り迎えはラキも一緒に来てもらおうかなって思ったの」

「そうだね。ラキさんなら、安心だよね」

ラキの強さを知るエミリーは、そう言って相好を崩した。いざとなればラキがいると思いいたって安心したのか、心なしか足取りが軽くなっている。

「そういえば、エミリーちゃんのお父さんは軍人だっけ？」

「うん。でも『じむしょく』って言ってたから、あんまり強くないんだ」

「そうなんだ？」

「軍隊のお金を管理しているんだって」

「へぇー」

いわゆる主計科という部署かな？　軍隊を運営する上で、お金や資材、装備などを取り扱う部署だ。

実際的な戦力になるわけではないが、軍隊を運営する上ではなくてはならない部署だと、本で読んだことがある。

「でも、軍人さんのおうちなら、安心だよね」

「そうかな……？　うん、そうかも」

不安を紛《まぎ》らわせるように、エミリーはわたしに笑顔を向けてくる。

そんな話をしているうちに、通りを二つ渡り、エミリーの家にやってきた。

「それじゃ、また明日ね」

「うん、送ってくれて、ありがとうね」

彼女が家の中に入っていくのを見送ってから、わたしは念のために周囲の気配を探る。

とはいえ、この人通りの多い時間帯では、怪しい人物の見分けなんてつかない。

殺気を持つ者がいないことくらいは把握できるので、とりあえずは安心しておく。

そうして安全を確認した後、わたしは屋敷に戻ったのだった。


それからわたしは周囲を警戒しつつ、三人でできる限りの『予習』をしてから、三日の時が過ぎた。

ついにオリエンテーション初日、精霊王の住む泉があるラバン村へ出発する日になった。

「ティスピン、お弁当は持った？　水筒は？」

「大丈夫、ちゃんとある」

玄関でわたしを引き留め、しつこく確認の言葉をかけてくるのは、スピカさんだ。

考えてみれば、わたしがラキとスピカさんの目を離れて何日も過ごすというのは、初めての出来事である。

そのため、ラキもスピカさんも非常に心配していた。

「武器は持ったな？　敵は容赦《ようしゃ》なく殺すんだぞ」

「山刀は持ってるけど、そんな危険な場所じゃないよ」

「なにが起きるか分からんから、武器は手放すんじゃないぞ」

「物騒だなぁ」

コロン先生によると、熊などはいてもすでに討伐されており、基本的に危険な魔獣などは生息していない地域のはずだった。

周辺の治安も落ち着いており、野盗の心配もない。

それに護衛の傭兵を雇っていくので、たとえ危険があったとしても、わたしが戦うような状況にはならないはずだった。

「ハンカチは持った？　変な男が寄ってきたら、遠慮なく擂《す》り潰すのよ？」

「なにを!?」

物騒なことを言い始めたスピカさんは、どこか目が座っている。

これ以上一緒にいると、どの方向に迷走し始めるか分かったものではないので、わたしは適当に切り上げて学園に向かうことにした。

ラバン村には各クラスごとに出発し、二泊三日してから戻ってくる。

四つあるクラスがまとめて押しかけるのは、完全に村の収容限界を超えてしまうので、日付をずらして対応している形だ。

わたしたちは二番目のクラスだったので、最初のクラスが出発してから三日目に出かけることとなった。

十人乗りの大型馬車を四つ手配し、それを守る護衛たちと一緒にぞろぞろと街道を東へ進む。

「おおー」

馬車の窓からわたしは身を乗り出して、流れる風景を楽しんでいた。

オース大陸にいた頃というと、見える景色は森、山、魔獣だったので、のどかな田園風景というのは非常に珍しかった。

特に町の東側に広がる麦畑は圧巻で、オース大陸では絶対にお目にかかれない光景だ。

「エミリーちゃん、あれ全部麦なの？」

「そーだよー」

「あんなにあったら食べきれないじゃない」

「一人で食べるわけじゃないからねー」

興奮するわたしの言葉に、どこか間延びした声で返すエミリー。

目の前の光景に興奮しないとか、感性が死んでいるのではないだろうか？

「ティスピンちゃん、子供みたい」

「むっ、自分だって子供じゃない」

「そうじゃなくって、いつもはもっと大人びてるから、珍しいなって」

「そ、そうかな？」

ラキの時間を引き延ばす技を併用した修行の結果、わたしは十歳でありながら十年以上の時間を生きてきている。

精神的に成熟してしまっているため、周囲の子供たちから浮いた存在であることは否《いな》めない。

いつもはどこか澄ました態度のわたしがはしゃいでいるのだから、珍しく思われてもしかたなかった。

そう思い直して馬車の中で居住まいを正すと、馬車内のクラスメイトの視線が、わたしに集中していることに気が付いた。

「あ、あはは」

愛想笑いでごまかしてみるが、もちろん通用しない。

真っ先に冷やかしに来たのは、同乗していたコロン先生だった。

「おやおや。いつもはお澄まししているお嬢様なのに、メッキが剝がれていますよ？」

「先生、うるさいです」

「くっくっく、しょせんは子供ということか」

「どこの悪役のセリフですか」

わたしを冷やかしてくる先生をたしなめていると、前方から別の馬車の一団がやってきた。

立てられている旗から同じ魔術学園の馬車であることが分かる。

つまり、先行していたクラスを乗せて、戻ってきた馬車だ。

御者が互いに目線で一礼し、いったん馬車を止めて情報を交換し合う。

目的地が山の中の村だし、町とは違って魔獣もいる。

そのために細かな情報交換は、命綱になるらしい。

「おかえりなさい、エスナ先生。どうでした、ラバン村は？」

「それがあまり良くないようです。どうも精霊王の代替わりの時期らしくて」

「へぇ、それは珍しい」

「でも、おかげで周囲の精霊たちの力が下がって、魔獣が増えているらしいですよ」

「なんてこと……中止した方がいいかしら？」

「どうでしょう？　一度戻って学園長に指示を仰《あお》ぐつもりですけど」

「そうした方がいいですね。私たちは麓《ふもと》の方で待機しておきます」

「分かりました。ではそういうことで」

どうも、なにやら不穏な状況になっているらしい。

そういえば、市場で出会った男も、東の方で不作が続き、胡椒の値が上がっていると言っていたか。

ひょっとすると、その精霊王の代替わりとやらが原因なのかもしれない。

コロン先生は情報交換を終えると馬車に戻り、わたしたちに向かって通達する。

「ちょっと村の方で問題が起きたみたいなので、私たちは一度麓で待機ということになりました。危険かもしれないから山には入らないように」

「えぇー」

精霊と会えることを楽しみにしていた生徒たちから、不満の声が漏れる。

しかし彼女の判断は実に正しい。子供を連れた状態なんだから、無茶はするべきではない。

本当なら帰還するのがもっとも安全なのだが、そこは行事の進行を重視する仕事と子供を守る責任感の板挟みによる妥協と見るべきだろう。

学園側から正式に中止が通達されるまでは、安全な場所でお茶を濁そうという考えだ。

「だまらっしゃい。ちょっと状況がはっきり見えないから待機するだけよ」

そうわたしたちに告げると、いまだ不満を漏らし続ける生徒たちを置いて、他の馬車を監督している教師たちのもとに連絡に向かった。

そうして戻ってくると、再び馬車は出発した。

しかしコロン先生の顔には、先ほどまでの緩みはなく、緊張を押し隠すように前方を見つめていた。

目的地のラバン村の近くまで来ると、馬車は山の麓で停車し、そこでキャンプすることになった。

ラバン村には麓で待機することを連絡するため、教師の一人が知らせに行った。

その間にわたしたち生徒は、教師たちの指導の下、テントなどの野営設備を設営していた。

護衛たちや馬車はもともとここで待機する予定だったので、水場などの用意はあるのがありがたかった。

「申し訳ありませんが、護衛任務を継続してもらいますけど、大丈夫ですか？」

「まぁ、事情は聞いたよ。しかたないだろ、子供たちもいるんだし」

野営設備があるとはいっても、ここが野外であることには変わりない。

一応魔獣除けの柵や、獣除けの香なども用意されているので、そうそう危険な生物が近寄ってはこないと思うが、それでも念には念をというわけである。

一方、子供たちはというと、野外キャンプという本来ではできない状況に歓声を上げていた。

テントを張り、かまどを作り、火をおこす。

それらの作業は子供たちにとっては新鮮な体験となって、これはこれで楽しそうだった。

「もっとも、わたしにとってはいつものことなんだけどね……」

「ティスピンちゃん、どうかしたの？」

「ううん、なんでも」

オース大陸の小屋での生活で、料理などの家事はわたしの担当だった。

ボロボロの小屋で火をおこしたり、隙間風《すきまかぜ》を塞《ふさ》いで寝床を確保するのは、ほとんどキャンプと変わらない。

キャーキャー言いながら野菜を切っている他の班の女子を見ていると、なんだか虚《むな》しい気分になってくる。

「エミリーちゃんは、なかなか手際《てぎわ》がいいね？」

「うん、いつもお母さんの料理を手伝ってるから」

「それは心強い」

わたしも実のところ、大した料理ができるわけではない。基本的に、煮る、焼く、炒める、パンに挟む程度しかできない。

しかしそれでも生徒たちの中ではマシな方で、中には料理をしたことがない生徒も多く、特に男子の方は少々絶望的な光景が広がっている。

芋の半分ほどは皮と一緒に切り捨てられ、肉は筋切りもせずにそのまま乱雑に切られて鍋に放り込まれていく。

あの調子では野菜少なめ、肉ガチガチなシチューができるに違いない。

「うーん、少し多めにご飯を作った方がいいかな？」

「え、なんで？」

「きっと他の班からご飯分けてって言われるよ」

「そうなの？」

「そうなの」

馬車の一台は生徒の荷物や食料などを乗せてきていたため、食料自体は余裕がある。

こういった自分で食事を用意するというのも、今回のオリエンテーションでの目的の一つだ。

わたしは一つ溜め息を吐くと、余分なシチューを作るために食材を貰いにその場を後にした。

「コロン先生。具材の追加、貰いに来ました」

「追加？　なに、失敗しちゃった？」

「失礼な。必要になると思ったんですよ」

失礼な予想を口にするコロン先生に憤然とした顔を返し、視線を男子の方に向ける。

今は笑いながら料理している男子たちだが、あの様子では出来上がったシチューに絶望することは間違いない。

そして失敗した班だけ食事が無いという状況は、さすがに精神衛生上よろしくないはずだ。

コロン先生もそれを察したようで、大きく溜め息を吐いてから、具材の入った袋を一つ渡してくる。

「必要になりそうね。でも簡単に分けてあげちゃダメよ？　しっかりと恩に着せて、今度は自分たちで、きちんと作るように考えさせないと」

「はい、分かってます」

ただで食事を分けてあげた場合、今後はわたしたちの食事を当てにし始めるだろう。

そうなるとこの三日間は、私たちが男子たちの食事まで作り続けることになってしまう。

コロン先生はそこを危惧して、こう言ったのだ。

「んー、いや、いいわ。私も手伝ってあげる」

しかしなにか思うところがあったのか、コロン先生はわたしたちの班を手伝うことを申し出る。

その意図を察しかねて、わたしが首を傾げていると、コロン先生は悪戯《いたずら》っ子のような顔でにししと笑った。

「ティスピンちゃんはお人好しっぽいからね。恩を着せろって言ってもできなさそうだし」

「できますよ？　わたしは結構、容赦ない性格をしているんです」

「本当？」

これに関しては、ラキのお墨付きがある。

しかしそれを知らないコロン先生には、わたしがお人好しに見えるのだろう。

別に否定するほどの話でもないので、コロン先生の疑惑には答えないでおく。

彼女が一緒にいてくれるのなら、わたしが口を出す必要もなくなるはずだった。

夕食時、案の定男子たちは自分たちの作った料理の味に悶絶《もんぜつ》し、女子に助けを求めてきた。そこへコロン先生が介入して、『遊んで調理しないこと』としっかりと釘《くぎ》を刺し、予定通りシチューを分けてあげた。

その後は身体を拭《ふ》くために、男女交代で幌付きの馬車の荷台を使って身体を清拭《せいしき》する。

わたしたちはまだ子供という年齢なのだが、成長の早い生徒もいるため、男女を分けるようにしていた。

かく言うわたしはというと……

「ぐぬぅ」

「べ、別にうらやましがるようなものじゃないよ？」

「くやしくなんてないんだからねっ」

ふんわりと膨らみ始めたリタの胸部を目《ま》の当たりにして、わたしは屈辱に塗《まみ》れていた。

彼女はやや成長が早いらしく、身長も高い。

十代前半から半ばに見えても、おかしくないのではないだろうか？

対してエミリーは平均的であり、突出したところはない。

問題はわたし。エミリーより頭一つ低く、一桁《ひとけた》の歳《とし》に見られてもおかしくなかった。

もちろん、成長も相応であり、未熟極まっている。

「そもそもわたしの家の周辺は、栄養状態が悪すぎたのよ」

「そんなに土地が枯れてたの？」

「畑というものを作るのに、あそこほど適していない場所はないよ」

作物を作ろうものなら、それを狙《ねら》って魔獣が襲来してくる。

作物を作らなくても、わたしという名の肉を狙って襲来してくる。

そしてラキの保存している酒用の穀物を荒らし、周辺一帯ごと焼き払われる。

そんな毎日を送っていたのである。栄養状態が良いはずが無い。

「スピカさんが差し入れてくれる食料が無かったら、わたしは生きてはいなかった」

「え、なにそれ、こわい」

ラキがわたしの健康状態に配慮してくれるはずもない。なにせ相手はドラゴン。無駄に頑丈でしぶとい生き物だ。

虚弱ですぐ死ぬ人間の赤ん坊を、理解できようはずがなかった。

むしろ配慮してくれるスピカさんが異常だったと言えよう。

それにラキは、なぜかわたしの健康に関しては、自信たっぷりだった。

ともあれ、そんな騒々しいやり取りを繰り広げながら身体を清め、テントで眠りについたのだった。

夜、おそらくは日付が変わる頃合いだろうか？

散々騒いでいた子供たちはすでに眠りに落ち、周囲は打って変わって静けさに満ちていた。

そんな時刻に、わたしは唐突に目を覚ました。

掛布を払って身体を起こし、地面に手をついて周囲を見回す。

地面といっても、布が敷かれているので不潔ではない。

わたしのテントには、同じ班のエミリーとリタがいて、エミリーが無軌道な寝相を披露し、リタが隅っこに追いやられている。

その平和な光景に薄く笑みを浮かべつつも、身体は急速に意識を覚醒《かくせい》させつつあった。

「珍しいなぁ」

身体を支える手が微妙に震えている。その感触に苦笑を浮かべる。

学園の制服の上だけを寝間着の上にはおり、山刀だけを腰に吊《つ》るして、テントの外に出た。

すでに教師たちも眠りについたのか、姿は見えない。

代わりに護衛を受けてくれている者たちが数名、焚火《たきび》を囲んで小さな声で話をしていた。

彼らはテントから出てきたわたしの姿を認めると、困惑した表情を浮かべる。

「どうした、お嬢ちゃん。トイレかい？」

夜中に起き出したわたしをトイレだと思ったのか、そう話しかけてくる。

わたしはその言葉に首を振って応《こた》える。

「敵ですよ」

「ハ？」

わたしの言葉を理解できなかったのか、彼らは一瞬硬直し、それから慌《あわ》てて武器を手に取った。

「ど、どこだ⁉」

武器を手に立ち上がり、周囲を油断なく見回して警戒する。

しかし、その視界内に敵の姿はない。

わたしは彼らの勘違いに、さらに首を振る。

「違います、地面の下です。魔獣除けの香も、地面の下までは届きませんから」

「地面の下？」

「おそらくはワームですね。こんな場所に珍しい」

足から伝わってくる独特の振動。オース大陸にいた頃は何度か小屋を襲われたことがある。

そのたびにラキが怒り狂い、小屋ごと叩き潰してくれたものだ。

「いやいや、こんな場所にワームなんているはずないだろ。いたずらなら他所《よそ》でやってくれ」

「気持ちは分かりますけどね。この地面の振動は間違いないです」

足を地面にパンパンと叩きつけて、アピールする。その間にも振動はどんどんと近付いてきていた。

護衛の彼らも、その振動に気付いたようだった。

「ま、不味《まず》い！　これじゃ柵も香も役に立たん！」

「教師たちを起こしてこい！　生徒を避難させるんだ！」

地面の下からの襲撃には、柵も香も、なんの効果も発揮できない。

しかし下手に狼狽《ろうばい》して慌てふためくのは、状況を悪化させる。

「起こすのは教師だけでいいですよ。この感じだとワームは一匹だけのようですし」

「分かるのか、嬢ちゃん？」

「実家の近くにも結構いたので」

護衛たちにそう伝えると、わたしは水の入った樽《たる》のそばに寄る。

ワームは粘液を帯びた外皮を持っているので刃物が通じにくいが、弱点を突けばそれほど難敵というほどではない。

わたしもラキに教わってその弱点は知っているので、そう警戒するほどの敵ではないことは知っていた。

樽に蓋《ふた》をして水がこぼれないようにし、その樽を横倒しにして蹴《け》り転がした。

樽はごろごろと音を立てて転がっていく。同時に、コロン先生をはじめとした教師たちが起き出してきた。

「襲撃ですって？　どこから!?」

「あっちです、もうすぐ」

わたしはその声に、指をさして答えた。その先には転がりゆく樽が存在する。

あえて蓋をして重さをキープ。重い音を立てて転がるそれに、ワームは見事に食らいついた。

突然地面が割れ、そこから一メートルはあろうかというミミズのような魔獣が姿を現す。

環状になった口は細かな牙が並び、その口で転がる樽に食らいついて粉々に噛《か》み砕いていた。

「出たぞ、ワームだ！」

「マジかよ。本当に出やがった」

「信じてなかったんですか、失礼な」

「い、いや、ほら、振動で信じてはいたけどさ……」

わたしの抗議に護衛たちはしどろもどろになって言い訳する。

しかし状況はあまり良くないらしく、彼らの顔から緊張が消えることはなかった。

「結構デカい。早く生徒たちを避難させてくれ！」

「わ、分かりました！」

コロン先生がその言葉を受け、生徒たちを起こして回る。

散々騒いで眠りについていた子供たちはなかなか目を覚まさず、その進捗は芳しくない。

それでも眠ったままという生徒はいなかったようで、徐々にテントから生徒が飛び出し、避難を開始する。

コロン先生がエミリーたちのテントにも飛び込んでいったので、彼女たちを起こしてくれるだろう。

「こりゃ時間を稼がないと」

「怪我は避けられないか……よし、覚悟を決めろ！」

護衛たちがそう叫ぶと、次々と斬りかかっていく。剣で、斧《おの》で、槍《やり》で。

しかしワームの外皮は堅く、そして柔軟性があった。

それらの攻撃を回避行動すら取らずに受け流し、悠々《ゆうゆう》と樽を咀嚼《そしゃく》し続ける。

そして自分を攻撃する者たちに気付くと、今度はそちらへ注意を向けた。

「来るぞ！」

「焼き穿つ紅蓮の矢《ファイアアロー》！」

大きく口を開けたワームに向けて、今度は火の玉が飛来し衝突する。

振り返ると、コロン先生が杖《つえ》を構えていた。先ほどの魔術は、彼女が放ったものだ。

他にも数人、教師たちが杖を持って駆けつけてきている。

「コロン先生？」

「子供たちが逃げるまでまだ時間がかかります。それまで我々も協力します！」

やや引き攣《つ》った顔で護衛たちに告げた。教師たちは明らかに戦闘に慣れていない。

それでも護衛たちにはありがたかったらしい。

「助かる、俺たちは攻撃の魔術が使えないからな」

起き出してきた他の護衛たちを見ても、基本的に近接武器ばかりだ。

しかし護衛たちも致命打を受けてはいないので、やがて押し返すだろう。

「それより、他にワームがいないか確認しないとね」

一応振動の感じから一匹だとは思うが、明確にそうだと言い切れるほどの自信はなかった。

そこで感知系の術を使って、周辺を探ることにした。

「──観竜方陣《カルプロール》」

この術は周辺の生物を感知する術だ。感知範囲が広いため、こういった場面で伏兵の存在を探るには適している。

ただし、その生物の大きさや種類まで見分けることができないため、そこらの小動物や虫まで探知してしまう難点がある。

森の中や山などでは生物が多いため、特定の生物を見分けるのは困難だ。

しかし地面の下を、こちらに向かって移動するという条件を当てはめれば、ワームがそばにいるかどうかを探ることができる。

見落としが無いように目を閉じて集中し、地面の下の生物の位置を探る。

地中にミミズやモグラらしき生物の存在を感知したが、こちらに向かってくる反応はない。

むしろ逃げ出している反応はいくつか存在した。

「寄ってくる生物は無し。やっぱりワームは一匹だけっぽいかな……ん？」

そこで、護衛たちの苦戦の様子が目に入ってきた。

数名が弓を持っているが、その矢はワームに有効なダメージを与えられていない。

執拗《しつよう》に攻め立てるワームの攻撃を避け切っているところを見ると、身体強化の無属性魔術が使えるのかもしれないが、どうにも攻め手に欠けている印象を受ける。

「ひょっとして……弱点、知らない？」

ここにきて、わたしはようやく自分の知識が偏っていることを思い出した。

ラキたちの教育の結果、様々な魔獣の狩り方を教わっているが、それが一般的なものなのかどうかは分からない。

ひょっとしたら、ワームの弱点は一般的なものではなかったのかもしれない。

「このままじゃ、怪我人が出ちゃうかも」

ワームの攻撃を受ける前線に立つ護衛たちも、盾《たて》で攻撃を受け止めきれないため足を使って避け続けている。

賢明な判断ではあるが、このままではいずれスタミナが尽きそうだった。

わたしも通常なら対抗できる相手ではないのだが、そこはドラゴンの技を受け継いでいる。

しかしそれを使えば、精霊たちに嫌われてしまう。

そんな板挟みの悩みも一瞬で振り払った。怪我人が出る方が問題だと思考を切り替える。

呼吸を整え、一秒にも満たない時間で術式を起動。

「――竜気纏粧《ドラゴノート》」

この術式により、わたしの筋肉が鋼よりも硬くなって、力を何倍にも増加させる。

単純な身体強化の術式。精霊魔術にはないが無属性魔術と呼ばれる術式に存在する魔術に、似たようなモノがある。

今、護衛たちが使っているのが、その術式だ。

しかし、わたしが使ったモノは、それよりも遥《はる》かに効果が高い。ドラゴンの巨体を支える技なのだから、当然とも言えた。

「よっ、こら、しょっと」

腰から山刀を引き抜き、大きく振りかぶってワームの首――環体と呼ばれる太い部分の上三つ目の体節をめがけて投げつけた。

ワームも魔獣である以上、体内に魔石を持つ。

その魔石はだいたい同じ場所に存在し、ワームの場合はその場所に魔石と身体を繋《つな》ぐ神経がある。

わたしの山刀は容赦なくワームの首に突き刺さる。

「なんだ!?」

突然飛来した山刀に、護衛たちは新たな敵が現れたのかと警戒する。

しかしここで手を止めては危険なので、わたしは護衛たちに向けて声を上げた。

「その山刀の下にある神経が弱点です。集中攻撃してください！」

「なぜ知って……いや、聞いたな、狙っていけ！」

「おう！」

ここでなぜ『わたしが弱点を知っているのか？』と詮索している場合ではないと察し、攻撃に集中する護衛たち。

わたしが突き立てた山刀めがけて、槍や魔術で攻め立て始めた。

猛攻にバランスを崩したワームが横倒しに倒れると、そこへ戦槌を持つ護衛が駆け込み、刺さったままの山刀の柄《つか》を殴りつけた。

その一撃でワームは動きを止め、ブルリと震えた後、力なく倒れ伏す。

殴られた山刀がより深く突き刺さり、その下の魔石に繋がる神経を切断したのだろう。魔石からの魔素の供給が途絶え、身体を支えられなくなったのだ。

動けなくなったワームにとどめを刺すのは、もはや子供でもできる容易《たやす》い作業だった。

倒れて動けなくなったワームにとどめを刺し、安全を確信した護衛たちは一斉にわたしに視線を向けた。

その動きの揃《そろ》いっぷりにわたしは一歩後退《あとずさ》る。

「今の……弱点を知っていたのか？」

「ワームが来るのも俺たちより先に見抜いていたし、君はいったい何者なんだ?」

「え? えっと……」

「それは、その……」

矢継ぎ早の質問に言葉を無くす。

まさか人跡未踏のオース大陸で日常的に戦っていましたとか、言えるはずもない。

「ワームの弱点、最初から分かっていたの?」

狼狽するわたしの様子を見かねたのか、護衛の中でも数少ない女性がわたしの前で膝をついて、落ち着かせるように尋ねてきた。

これは問題無く答えられる質問なので、返答しておく。

「はい。そこの太いところから上に三つ目の体節には、魔石と繋がっている神経が通っているので」

「それで急に動きが止まっちゃったのね」

「そうですね」

こういった詰問状態にあって、沈黙し続けるのは逆に良くない。

当たり障りのない問題に積極的に乗って、その話だけで状況をうやむやにするに限る。

「どうしてそんなことを知っていたの?」

「わたしの実家の近くに、ワームがよく湧《わ》く場所がありまして。腕の立つ狩人の人が教えてくれました」

　正確には教えてくれたのはラキなのだが、腕が立つことは間違いないし、狩人であることも嘘ではない。

　食事の半分以上は狩りによって成り立たせていたのだから。

「でも、わたしたちですら通らなかった外皮をあっさりと貫通するなんて……」

「そっ、それは――!?」

　そこでわたしは大変なことに気が付いた。

　ラキがわたしに贈ってくれた山刀は、上位のドラゴンの鱗《うろこ》が使われているらしい。

　見る人が見ると、ちょっとした屋敷が買えるくらいの、非常にやべー品だと分かるだろう。

　そしてその山刀は今、ワームの首に突き刺さったままだったのだ。

「えっと、きっと運が良かったんだと思います。神経が表皮の近くを通っているだけあって、そこは皮が薄い場所ですし」

「それは初めて知ったわ。今後に役立つわね」

　そう言うと彼女はワームの方に歩み寄っていく。わたしの言葉を確認しようと思ったのかもしれない。

　しかしそれは、山刀を引き抜くという行為にも繋がる。

　刃が露《あら》わになると、さすがに隠し通すのは難しくなる。

「あ、その、ほら！　ここですよ、ここ！」

その状況を避けるために、わたしは彼女を追い越して山刀を引き抜く。

大げさな身振りで傷跡を指し示して護衛たちの注意をワームへと誘導した。

実際、そこはワームの皮膚が薄くなっている場所でもあるので、わたしの言葉に嘘はない。

「本当だ、少し薄いかも」

護衛たちはこぞってワームの傷を覗《のぞ》き込む。教師たちも興味深そうに覗き込んでいたのは、わたしにとって幸運だった。

護衛の意識を他所に向けている間に、わたしは山刀を何気無い仕草で鞘《さや》にしまう。

「こんなところにワームの弱点があったとはな」

「これ、組合に連絡して周知してもらった方がいいんじゃないか？」

「それよりも、ここにワームが出たことを知らせないと。ここは火山でも鉱山でもないのよ」

本来、ワームが生息するのは、植物が少なく、岩石ばかりの山だ。

今、わたしたちがいる場所は鬱蒼《うつそう》と茂る森が目前に控え、しかも山の麓に当たる。

ワームが住む場所に適しているかと問われれば、答えは否である。

「こんな場所にワームが出るってのは、確かに異常だな」

「一週間前には、街道にバイコーンが出たって話もあったわね」

「そういえば、そんな話も聞いた気がする」

バイコーンも、本来なら森の中に生息する魔獣である。

人通りが多く、しかも護衛のような戦闘に長《た》けたものが往来する場所では、普通に狩られてしまうはずだった。

「最近、魔獣がいるはずのない場所に出てくるっていう噂《うわさ》、本当だったのね」

「そうなると、ここも安全とは言えないな」

「護衛としては、即時帰還を提案する。さすがに足元の地面まで目を光らせることはできない」

護衛たちから口々にそう提案され、コロン先生はしばし黙考する。

確かに帰ることが安全を確保する上で最善の方法だと、理解はしているはずだ。

しかし彼女は即時の帰還には反対した。

「せめて明け方まで待ってもらえませんか？　ラバン村に向かった教師が、まだ戻っていないんです」

「そういえば連絡に走らせていたんだったか」

「生徒の命も大事ですが、ここで私たちが帰ってしまうと、彼を守る者がいなくなってしまいますので」

「村で待機してもらう、というわけにはいかないか」

生徒の安全も大事だが、そのために教師一人を危険なこの場に残すというのも、非情な判断である。

特にコロン先生にとっては、何年も一緒に働いてきた同僚だ。見捨てるのに忍びない心情は、理解できる。

「分かった、朝まで待とう。俺たちも一人を残していくのは、後ろめたいしな」

コロン先生の心情を察し、護衛のリーダーはそう判断した。

彼の対応にコロン先生はホッと安堵《あんど》の息を吐く。

しかし次の彼の言葉に、わたしは引き攣った顔で硬直した。

「その代わりこのお嬢ちゃんを見張りに貸し出してくれ。ワームに真っ先に気付いたのも、この子なんだ」

「え、ティスピンさんが？」

「そうそう。急に『敵です』とか言われて、驚いちゃった」

教師たちの視線がこちらに集まる。その疑惑の視線に、わたしは身じろぎして耐えていた。

「えっと、家の近くにワームが湧く山があったもので」

「そうなの？　記録だと沖合の小島の出身って書いてあったんだけど」

「うぁっ、そ、それは、ほら、その小島に山があったんですよ！」

そういえば学園入学に際しての書類一式は、スピカさんが用意したんだった。

わたしはその書類を見たことがないので、わたしの前歴がどういう風に書かれているのか、知らなかった。

もちろん、素直にオース大陸出身とか書いていないことくらいは、予想していたが。

「そうだったの？　でも大丈夫？」

「な、なんとか起きてますから、大丈夫です」

わたしの言葉を聞いて、コロン先生は護衛の人に向き直る。

「こうは言ってますが、まだ子供なので無理はさせないでくださいね」

「ああ、分かっている」

「それと、わたしも付いて起きていていいですか？」

「それはかまわんが……」

ここでわたし一人、起きたままにしないところが、彼女のいいところだ。

日頃は茶目っ気の多い教師ではあるが、きちんと生徒たちを守ろうとしてくれている。

「付き添うのはかまわんが、俺たちの指示には従ってくれよ？」

「ええ、それはもちろん。私たちが無力だと、先ほど思い知らされましたから」

「それは俺たちも同じさ。もっとも、次は負けんがな」

先ほどはワームの弱点を知らなかったから後れを取ったと、暗にそう告げていた。

ワームは地中に住む魔獣で、あまり人前には姿を現さない。

そのため、生態の解明はあまり進んでなく、弱点なども知られていなかったっぽい。

「そうだ、生徒たちを連れ戻さないと。別の魔獣が来るかもしれないし」

ワーム襲撃の際に逃がした生徒たちは、すでにこの場にいない。

別の教師たちが引率していたので、散り散りに逃げたとは思えない。きっと離れた場所でわたしたちを待っているのだろう。

「そうしてくれ。俺たちも、できればこの場を離れたくない」

皆慌てて逃げ去ったため、馬車や馬たちが残されたままだ。

特に馬は繋がれたままのため、魔獣に狙われるとひとたまりもないからだ。


コロン先生が立ち去った後、護衛たちはニヤリと悪い笑みを浮かべた。

「さて、お嬢ちゃん」

「な、なんでしょう？」

どことなく不穏な空気を察して、わたしは身をかばうようにして距離を取った。

にじり寄るようにわたしを包囲する護衛の姿は、紛《まご》う事なき変態不審者さんである。

「他にも知ってることがあるなら、ぜひ教えてくれ。魔獣の弱点とか、垂涎の情報だからな」

「うえぇ」

「なに、時間はたっぷりある。大丈夫だ、今夜は寝かせないぞ」

「へ、へんたいだ!?」

「失礼なことを言うな、朝まで話をさせろと言っているだけじゃないか！」

結果として護衛たちをはぐらかすことはできず、わたしはその後、知っている魔獣の知識を披露させられる羽目になった。

とはいえ、すべてを話す必要もないので、話のつじつまを合わせるために山岳部の魔獣に関してだけ話しておく。

「メタルバードにそんな弱点があったとはな」

「お腹《なか》まで石みたいに堅いから、弱点が無いのかと思っていたわ」

「鳥なんですから、翼が動かないと話にならないでしょ？　付け根が柔らかいのは、当然です」

「それもそうだな。それよりロックリザードの方が問題だ」

「額《ひたい》が弱点だなんて……一番堅い部位じゃない」

「でも火魔術に弱いから、そこだけピンポイントに突けば、楽に倒せますよ。特に額のすぐ下には脳がありますから」

山岳部の魔獣についての知識を披露しながら時間を潰していると、しばらくしてコロン先生が戻ってきた。

彼女の後ろには多数の生徒の姿が見える。

どうやら無事合流できたらしい。

「ティスピンさん、良かった。そっちは無事だったのね」

「護衛の人も一緒じゃないですか」

コロン先生は、わたしに話しかける時は、呼び捨てにする。

これは教師の威厳を重視しているかもしれない。

しかし護衛や他の人がいる時は、『ティスピンさん』と呼んでくる。

区別をきちんとつけているということだろう。

「それは知っているけど、わたしが離れている間にも襲撃があったかもしれないじゃない」

「そうそう続けざまに襲撃は起きませんって」

わたしの言葉は楽観論だが、それほど的外れというわけでもない。

この場にワームの死骸《しがい》が転がっており、死骸からは独特の臭いが周囲に漂っているはず。

わたしたち人間はあまり気付かないかもしれないが、嗅覚《きゅうかく》の鋭い魔獣なら気付くだろう。

それに魔獣除けの香も焚《た》いているため、魔獣がこの場にやってくる可能性は、さらに下がっている。

「ところで……こっちでリタとエミリーは見なかった？」

「え、いないんですか？」

「ええ。探しているんだけど……とりあえず他の生徒もいるから戻ってきたんだけど」

「大変じゃないですか！」

なぜリタとエミリーだけ、姿が見えないのか？　慌てるわたしをなだめるように、コロン先生が続けて話す。

「もちろん、彼女たちに関しては私も探し続けるわ」

「わたしも探します！」

「いや、あなたはここで……って言っても、お友達のことだから、じっとしていられないか」

「もちろんです」

コロン先生は少し悩んだ後、わたしに向けて指を立てる。

「目を離して勝手にうろつかれても困るし、わたしの指示に従うなら、ついてきてもいいわ」

「やった！　先生、ありがとう」

「いい？　ちゃんと言うことを聞くのよ？」

「はい、ぜったい」

コロン先生の言う通り、許可が無ければわたし一人でも探しに行くつもりでいた。

正式に許可が出たのは重畳《ちょうじょう》というべきだろう。

しかし彼女が一緒に来られるのはわたしとしては、少々めんどくさい。

先ほどドラゴンの技を使ってしまったため、どうせ精霊には嫌われてしまっている。

ならば今日に関しては積極的に使ってもいいかと思っていたのだが、コロン先生が同行するとなると、少し配慮しなければならない。

しかしそれを断るのは、わたしのわがままだろう。

彼女は教師としての役目を果たそうとしているのだから、ここで突き返すのはさすがに可哀想《かわいそう》だ。

いざという時は、見られてもいいと開き直ることにしよう。

◇◆◇◆◇

「みんな急いで避難して！」

突然テントに飛び込んできたコロンの声に、エミリーとリタは驚いて目を覚ました。

コロンの手短な説明によると、ワームの襲撃があったらしい。

ワームがなにかはよく分かっていない二人だったが、襲われているという事実に身震いする。

「大変、すぐ逃げなきゃ」

「うん、ティスピンちゃんも……あれ？」

そこでエミリーは、テントの中にティスピンの姿が無いことに気付く。

同時にリタも、その事実に気付いた様子だった。

「ティスピンちゃん、どこ？」

「いない……まさか先に避難したのかな？」

「わたしたちを置いて？　それはないよ」

これまでの彼女との付き合いで、ティスピンがそんな薄情な真似をする性格でないことは知っていた。

その点に関しては、二人とも断言できる。

ではなぜ彼女がここにいないのか、それを考える。しかしあまり時間はなかった。

魔獣が襲ってきたのなら、一刻も早く避難せねばならない。

「ティスピンちゃんの毛布、もう冷たくなってる」

何気なく彼女の寝床に手を置いたエミリーが、その違和感に気付く。

その言葉がリタの想像を掻《か》き立てた。

「そういえばティスピンちゃんって、精霊に会いたがっていたっけ？」

「あ、そういえばそうだね」

精霊に嫌われているという自覚を持つティスピンは、精霊と直接会って親交を深め、魔術を習得したがっていた。

それはエミリーたちもよく聞いていたので知っている。

精霊の住む山の麓で足止めを食らい、そして今、彼女はいない。

いつもならば、もっと他の可能性にも思い至ったかもしれない。

しかしこの緊迫した状況で一つの可能性に思い至ると、他の可能性に思考を巡らせることはできなかった。

「ひょっとして、ティスピンちゃん、一人で山に入ったんじゃ……？」

「うん、精霊に会いたがっていたから、充分あり得るよね」

「みんな避難した後で戻ってきたりしたら、すごく危ないよ！」

もし誰もいない宿泊地に戻ってきて、そこを魔獣に襲われたら？　その惨劇を想像して、エミリーは身体を震わせる。

「急いで知らせに行かなきゃ⁉」

エミリーがそう声を上げると、リタも戸惑いながら頷いた。

「うん、早く知らせてあげよう」

元来臆病な性格のリタだが、親友の危機を想像しては、冷静ではいられなかった。

二人はテントを抜け出し、人の流れから外れて山へ向かう。

その動きは幸か不幸か、混乱した他の人間の目に触れることはなかったのである。

第四章 ✦ 火の精霊と竜の少女

姿を消したエミリーとリタを探すため、わたしとコロン先生は周辺を探して回った。

観竜方陣《カルプロール》は生物の多い森の中では、逆に混乱しかねないので使えない。

あの術は生物の少ない建物の中や、ドラゴンが自分の住処《すみか》の洞窟《どうくつ》などで使う術である。

寝間着から学園の制服に着替えてくる。今はその時間すらもどかしく感じる。

そうして急いで捜索した結果、奇妙な足跡を見つけることができた。小さな足跡が二つ。山に向かって続いている。

「コロン先生、これ！」

「足跡？　よく見つけたわね」

「地下をワームが這《は》ってきたせいで、地盤が柔らかくなったのが幸いしたんでしょうね」

その足跡も、数メートル進んだところで再び消えている。

おそらくこの付近でワームが地表近くまで浮上してきたおかげで、足跡が残るほど地面が柔らかくなったのかもしれない。

「ひょっとしたら、二人は山に向かったのかもしれません」

をする。

「それは本人に聞かないと分かりませんけど、今なら追いつけるかも」

「山に？　なぜ」

エミリーとリタを探すため、夜に山の中に入るというわたしの言葉に、コロン先生は渋い顔

これは当然の話で、視界の利《き》かない夜間の山は非常に危険だ。

急な傾斜に予想もつかない地形。さらには危険な魔獣や猛獣まで徘徊しているとなれば、指導者としてはお勧めできないのも無理はない。

それくらいのことは、もちろんわたしにだって理解できる。

しかしそこに友人が足を踏み入れたとなれば、話は変わってくる。

「夜の山に入るなんて、無茶だわ」

「先ほどの戦闘から、まだ一時間と少し。子供の足と山という地形を考えれば、それほど遠くには行っていないはずです」

「それはそうだけど、自然を舐《な》めちゃいけないわ」

「もちろんその危険も知っています。わたしの故郷は先生の想像以上に秘境なんですよ」

「そこを自慢されても困るわ」

呆《あき》れたと言わんばかりに額《ひたい》を押さえるコロン先生。

指導者としてコロン先生の意見は非常に正しい。今回の場合、無茶を言っているのはわたし

の方だ。

それでも、今は一刻を争う。

「ああ、もう！　分かったわ。山に入るのは認めてあげる」

「やった。なら一刻も早く――」

「その代わり、わたしもついていくわよ。それと護衛も一人」

「え、先生も？」

「当然でしょう！　子供だけで山に入れたと知られたら、私の監督能力を疑われるわ！」

「それはそうでしょうけど……」

だがここで問答をしている時間ももったいないと思い直し、その提案を受け入れる。

すぐさま野営地に取って返し、他《ほか》の教師と護衛たちに事情を話して協力を仰《あお》ぐ。

他の生徒がいる手前、これ以上教師の手を借りることはできなかった。

代わりに護衛たちから、女性の剣士が一人ついてきてくれることになった。

「山に向かったのは間違いないのね？」

「おそらく。足跡が山へ続いていましたから」

「分かったわ。子供二人だけで山なんて、確かに危険ね。急ぎましょう」

飛び込みの仕事だというのに、彼女は嫌な顔一つせず率先して山道を進んでくれた。

「そういえば、まだ名前を名乗っていなかったわね。私はコーディよ」

「わたしはティスピンです」

「指導教官のコロンです。よろしく」

足を止めずに自己紹介を済ませ、わたしは周辺に視線を飛ばす。

先ほどのワームもそうだが、山から感じられる魔獣の気配が多い。

前もって聞いていたコロン先生の説明では、安全な地域のはずなのに、この数は異常だった。

わたしは警戒のために山刀を二本とも引き抜いておき、足元の草を薙《な》ぎ払っていく。

切れ味の良いラキの山刀で草を薙ぎ払っているのだが、面白《おもしろ》いように千切れ飛んでいく。

「いい切れ味ね、その山刀」

「ありがとうございます。ラキ……兄からの贈り物なんです」

「いいお兄さんね。うらやましいわ」

対外的にはラキはわたしの兄ということになっている。ずっと父親代わりと思ってきただけに、兄と切り替えるのは少し違和感があった。

それでも、わたしのことを思ってこれを贈ってくれたことには、感謝している。

「特別製なんですよ」

「すごい切れ味なわけね」

「ええ――」

この山刀の異常さを見抜ける鑑定眼は、彼女にはない様子だった。

おかげで軽くお茶を濁すことで場をごまかすことはできたのだが、その時、甲高《かんだか》い悲鳴が山の中に響き渡った

「さっきのは——？」

「エミリーちゃんの声です！」

わたしの声に反応して、コーディは身体強化の魔術を起動する。

「顕現せよ金剛神の加護《フィジカルエンチャント》！」

「竜気纏粧《ドラゴノート》！」

同時にわたしも身体強化の術式を起動する。

似たような効果の、中身はまったく別の術。それを使ってわたしたちは、ほぼ同時に地面を蹴《け》った。

一歩遅れてコロン先生も術式を起動して後を追ってくる。

この遅れを責めるのは、酷というものだろう。

専門の修行を積んだわたしや、実戦を積んできたコーディと、教師である彼女の熟練度は比べ物にならないのだから。

むしろ一拍の遅れのみで後をついてくる対応力は、褒《ほ》められるべきだろう。

「どっちだ？」

「向こうからです！」

幸いほぼ同時に術を使った影響か、わたしが別の術を使ったことは気付いていないっぽい。

わたしはさらに速度を上げ、木々の茂みの奥へと駆け込んでいく。

その先には、巨大な猿の魔獣に襲われている二人の姿があった。

「ま、待っ――」

この段階で、コーディもわたしについてこれなくなっていた。

しかしそれにかまっている余裕はない。巨大な猿――マッドエイプはすでにその腕を伸ばし、エミリーちゃんを摑《つか》み上げていた。

その光景にわたしの脳内は真っ白に染まる。

助けないと、その一心で思考は埋まり、容赦《ようしゃ》のない狩人へと変貌《へんぼう》していた。

「その手を――!」

強く地面を蹴る。その反動で小さなクレーターができたが気にしない。

跳躍先の木を蹴ってその反動で軌道を修正し、一息でマッドエイプの頭上から襲い掛かった。

「――離せぇ!!」

地面に降りる勢いでスピカさんの山刀を振り下ろす。

その一閃《いっせん》はマッドエイプの振り上げられた腕を、容易《たやす》く斬り飛ばす。

マッドエイプが腕を切り飛ばされた苦痛を認識するより先に身体《からだ》を回転させ、その勢いを利用して足払いを仕掛けた。

ここまでわたしの存在すら認識できていないマッドエイプに、それを躱《かわ》すことはできない。

足を払われ、横倒しに倒れるマッドエイプの首めがけ、今度はラキの山刀を一閃する。

スパンと軽い音を立てて、今度はマッドエイプの首が宙を舞った。

地面に倒れたマッドエイプは、数回不気味な痙攣《けいれん》を起こした後、完全に動きを止める。

おそらく死の瞬間まで、わたしのことは認識できなかったに違いない。

「――――」

マッドエイプが息絶えたこと、そして周辺の魔獣がこちらに寄ってこないか、しばし無言で警戒をする。

血に濡《ぬ》れた山刀を両手に持ち、その場に立ち尽くすわたしを恐れたのか、エミリーとリタは声もなくこちらを見上げ、震えていた。

そうして魔獣が寄ってこないこととマッドエイプが息絶えたことを確認したところへ、コーディがようやく追いついてきた。

「大丈夫か……っていうのも、ヤボだね、こりゃ」

傍《かたわ》らには首と腕が斬り飛ばされ、ピクリとも動かないマッドエイプ。

対してエミリーとリタには傷一つなく、わたしには返り血一つ、ついていない。

奇襲からの一方的な殺戮。こちらが怪我《けが》する暇さえない蹂躙《じゅうりん》。

それを見て取りコーディは呆れた声を漏《も》らす。

「どうやったらここまで一方的に勝てるのよ？」

「マッドエイプは猿型の魔獣ですから、視界が前方に集中しているんですよ。だから上から奇襲を仕掛けました。人間にも有効でしょうね」

「それだけじゃないでしょ。こいつの右足、変な方向に曲がってるよ？」

「それは足払いの結果ですね。関節の横から蹴り飛ばしたので、折れちゃったみたいだけど」

「いや、普通は折れないって」

というか、オース大陸の魔獣なら、この奇襲にも対応してきたはずだ。

今回わたしが打った手はオーソドックスな奇襲法であり、それほど意外なものではないはず。

今夜の護衛たちの戦い振りから見るに、彼女たちは魔獣との戦闘に慣れていない気がする。

「それより、エミリー、リタ、怪我はない？」

「う、うん。すごいね、ティスピンちゃん」

「あー、これは辺境で鍛えられた結果かな？」

「どんな辺境なの、それ？」

「まぁ、超が付くド田舎《いなか》かな」

人跡未踏の辺境です。とは答えることができないので、半眼になってこちらを見てくるリタから視線を逸《そ》らし、とぼけておく。

そこへコロン先生がやってきて、二人の無事を確認していた。

「良かった、二人とも無事なのね？」

「はい、ティスピンちゃんが助けてくれたので」

「そう、よかったわ」

そう言うとコロン先生はきっと表情を引き締め、二人に詰問した。

「どうして二人だけで山に入ったの？」

「えっと……その……」

「起きたらティスピンちゃんがいなかったから」

そういえばあの時、私はこっそりテントを抜け出して、護衛たちに警告を発していたのだったか。

「それで、すっごく精霊魔術に憧《あこが》れてたティスピンちゃんなら、一人で山に向かったんじゃないかって」

「どうしてそうなるの……？」

「だって、ここまで来て山に入れなかったら、悔しいんじゃないかって思って」

「まぁ、確かに悔しくはあるけど」

わたしはドラゴンの使う術や生活魔術はそつなく使えるが、精霊魔術だけは相性の悪さから、ろくな効果を発揮できなかった。

それが悔しくて、三人で勉強していた時も、熱心に学んでいた記憶がある。

間近でそれを見ていた二人が、わたしが『こっそり夜に抜け出して精霊に会いに行った』と勘違いしても、おかしくはないのかもしれない。

「それで二人だけで山に入ったの？」

「魔獣の襲撃って話だったから、山に入ったのなら知らされていないかもって」

「だって、早く知らせて逃げなきゃって思ったから……」

泣きそうな顔で、震える言葉で、必死に弁明の言葉を紡《つむ》ぐ二人を、わたしは抱き寄せた。

確かに二人だけで山に入ったのは褒められない行為だ。

しかしそれは、わたしが勝手にテントを抜け出した結果、起きたことだ。

この騒動の原因として、わたしの単独行動があることは間違いない。

今まで辺境で生きてきて、そばにいるのは生物の頂点であるドラゴンのみ。心配することすらおこがましい同居人たちだ。

その影響か、わたしは一人で動くことに慣れすぎていたかもしれない。

「うん、ありがとう。でも勝手に動いちゃダメだよ」

「ゴメンね、ティスピンちゃん」

「ごめんなさいぃ」

ついに感情が爆発したのか、わたしの肩に顔を埋め、盛大に泣き出した二人。

それを見てコロン先生もそれ以上の追及ができなくなったのか、大きく溜《た》め息を吐《つ》いていた。

「いいわ、続きは帰ってからにしましょ。それより今は早く山を下りないと」

「そうね。このままだと魔獣の血の臭いに誘われてまた襲われるかもしれないわ」

「ここには魔獣除けの香もありませんからね」

ワームの時とは、状況が違う。

あちらはワームのそばに大量の人間がいて、魔獣除けの香も焚《た》かれていた。

これだけ状況が揃《そろ》っていれば、魔獣だって警戒する。

しかしこちらは、死んだ魔獣のそばに少数の人間がいる。しかも半数以上が子供だ。

警戒するより先に『美味《おい》しい獲物』と思われる可能性が高かった。

「そうだね、早く帰ってみんなを安心させないと」

「うん、ごめんなさい、先生」

「ごめんなさい」

二人揃ってコロン先生に頭を下げる。コロン先生はそんな二人を優しく抱きしめた。

そうして山を下りる途中で、コーディがわたしに、こっそり話しかけてきた。

「あのマッドエイプの死骸《しがい》、私たちに譲ってくれない？」

「え、あの猿のですか？」

「うん。毛皮がいい値段で売れるんだ。手と頭が無いけど、それを差っ引いても悪くない値段になるはず」

言われてみれば、わたしはマッドエイプの死骸には一切《いっさい》興味を持っていなかった。

だから放置してきたのだけど、彼女たちにとってはそれなりに価値のある代物だったらしい。

「もちろん、分け前はそっちにも回すわ。半額でいいなら学園……に届けるのはダメね。家に送ってあげる」

「半額も！　いいんですか？」

「もとはあなたが倒した獲物でしょう？　むしろ私の提案の方が都合のいい話よ」

これに関しては、わたしにとってもいい話だ。わたしはあの毛皮が価値あるものだと知っても、それを捌《さば》く伝手《つて》を持たない。

逆に彼女は、それを持っている。

本来なら打ち捨てられている物を現金化してくれるという提案は、ありがたい限りだ。

「いいですよ、連絡先は後で教えますね」

「そうしてくれると助かるわ」

二人で悪い笑みを浮かべ、がっしりと握手する。

そんなわたしたちを見て、エミリーとリタが妙に膨れた顔をしてみせた。

「むぅ」

「うー」

「どうしたの、二人とも？」

てしまった。

そう言いながらも、わたしの腕を二人で抱き締める。おかげで非常に歩きにくい体勢になっ
「べぇっつにぃ」

三人でくっつくわたしたちを、コロン先生はニコニコして眺めている。

「なんだったらコロン先生も混ざります？　外見的に違和感ないですよ」

「うるさい。私だって気にしているんですよ」

種族的に仕方のないこととはいえ、彼女の外見は子供にしか見えない。

教師に外見は影響ないとはいえ、人間社会的には不利な点もある。

例えて言えば、結婚問題などだ。

子供にしか見えないがゆえに、男性との付き合いも疎遠になってしまう。

彼女もその例に漏れず、独身だった。

「まぁ、先生もまだ若いですから。種族的に見ればですけど」

「なら、お兄さんでも紹介してくださいよ。美形ってそこの二人が話していましたよ？」

コロン先生の意外な提案に、話の出どころである二人に視線を向ける。

するとは二人はわたしから顔を背け、視線を合わさないようにしていた。

しかし抱きかかえた腕だけは放してくれない。

「ラキはお勧めしませんよ。いろんな意味でダメな人です」

「生活力が無いくらいなら、私が養うわ！」

「そんなに必死にならなくても……」

そもそもラキはドラゴンで、一際《ひときわ》大きな体軀《たいく》をしている。

子供のようなコロン先生と結婚した場合、その体格差は歴史上最大になるのではないだろうか？

そんなつまらないことを考えて、わたしは首を振る。恩師でもあるコロン先生にお勧めできるはずもない。

そこでコロン先生は唐突に足を止めた。場所としては村へ続く山道に戻ってきたばかりの場所だ。

「どうかしました？」

「ええ。ラバン村に向かった同僚のことをね」

上に続く道を見ると、木陰の向こうに小さな明かりが見える。おそらくそれほど距離はない。

「なるほど。ここからなら、迎えに寄っても、それほど時間はかかりませんね」

「場合によっては、村の方が安全な可能性もあるわ。それにワームが出たことも知らせないと」

ワームには柵や魔獣除けの香の効果が低い。出現した場合は、地面の下にも警戒する必要がある。

もし存在を知らなければ、足元から奇襲を受けて甚大《じんだい》な被害が出る可能性がある。

「そうですね、今のうちに知らせるのは悪くないかも」

「ただ、距離的には麓《ふもと》に戻った方が早いのよね」

そこでコロン先生はコーディに視線を向ける。

彼女は器用に肩を竦《すく》め、その意図を察した。

「私はあくまで護衛だからね。あなたたちがどこに向かうかには関与できないわ」

「護衛として、『どちらが守りやすいか？』なんて意見が欲しいんですけど」

「そうだね、おとなしく麓に戻ってくれた方が、私としてはうれしいわね。でも……」

「でも？」

そこでコーディはわたしに向けてにやりと笑ってみせる。

「どっちに向かっても、危険度は変わらないと思うわよ。その子、私たちより強いと思うし」

彼女は少し皮肉気な感情を混ぜながら、わたしを指し示す。

そう判断する原因になった行動には、心当たりがありすぎた。

「魔獣に関する豊富な知識。身体強化の無属性魔術も私と同等以上に使える。ワームの接近を察知したことから見ると、感覚もかなり鋭いわね」

「ま、まぁ、田舎育ちですので」

無属性魔術とは、生活魔術と似ているが、精霊を介さない魔術系統だ。

生活魔術同様に効率はあまり良くないのだが、習得が容易で使い勝手のいいものが多い。

「はっきり言って、魔術学園の生徒なんてもったいないわ。私たちの仲間に迎えたいくらい」

「勘弁してください。わたしは精霊魔術を覚えたいんです」

はっきり言って、今さら精霊魔術を覚える必要というのは、あまりなかったりする。

しかし過保護なラキとスピカさんは、わたしが切れる手札の数を増やしたがっていた。

それにわたしも、精霊魔術というものに興味があった。

精霊と触れ合い、魔術を行使するというのは、どことなく幻想的で素敵じゃないかと思う。

その熱意の結果が彼女たちの暴走を招いたかと思うと、多少思うところができてしまったが。

「うちの生徒のスカウトはやめてもらえます？　少なくとも、今は」

「ごめんなさいね。あまりにも優秀な生徒さんだったから」

「魔術とほとんど関係ないのが微妙ですけどね」

「真面目《まじめ》に授業は受けているんですよ、これでも」

「それはもちろん、知っているわよ」

コロン先生と言い合うわたしたちを、コーディはパンと手を叩《たた》いて止める。

「話が逸れているわよ。それより、私の意見としては、どっちに行っても危険は同じ。彼女と一緒の方が安全だと思ってる」

「フム……」

「だから連れて行かなきゃいけない人がいるなら、早めに確保しておいた方がいいというのが、私の意見ね」

「なるほど、じゃあラバン村に向かいましょうか。あなたたちは大丈夫？」

「わたしはまだ平気です。いざとなれば身体強化の魔術も使えますし」

「わたしも大丈夫」

「が、頑張ります」

コロン先生が私たちに確認を取ったのは、子供の体力で夜の山道を歩き続けることができるかどうかを確認するためだった。

わたしは問題ないのだが、残る二人に不安がある。

エミリーは自信ありそうだったが、リタは少々不安がありそうだった。

「いざとなったら、そっちの子は私が背負うよ」

「なら、エミリーさんは私が背負いましょう」

「わたしでも大丈夫ですよ？」

「ティスピンじゃ、足を引き摺りそうでしょ」

「それは先生も同じじゃないですか」

「ちょっとは大人にいい格好させなさいって言ってるのよ。察して」

今夜の出来事において、コロン先生はあまりいいところがないのは確かだ。

ならばここは、そのメンツを立てる意味でも彼女にまかせようとわたしは考えた。

「じゃあ、私が藪《やぶ》漕ぎしますね」

「そんなに雑草が生えているわけでもないでしょ」

「見栄ですよ、見栄。仕事しているアピールです」

「そんなの誰も気にしないでしょうに」

わたしの言葉に、エミリーとリタがモジモジし始めた。

彼女たちも、なにもしていないという意味ではわたしと同じだからだ。

むしろ、背負われる前提で扱われているため、少しいたたまれなく感じているのだろう。

「わたし、頑張るから」

「そうそう。歩けなくなった時だけ、お願い」

グッと拳《こぶし》を握り力説する二人に、大人二人は顔を見合わせて噴き出す。

そんな扱いに、エミリーたちはまた頬《ほお》を膨らませる。

「それじゃ、村に向かうなら早く——」

行こう……と提案しようとして、わたしの耳になにかの囁《ささや》きが聞こえた気がした。

それは言葉として聞き取れないほど、小さな囁き。

気を付けないと、木々の葉のざわめきの中に埋もれそうなほど小さな声。

「エミリー、今なにか言った？」

「ううん、なんにも」

「リタも違うよね？」

「うん、なんにも言ってないよ？」

そもそもエミリーならそんな囁きはしない。彼女は元気で大きな声がトレードマークだ。

リタも、最近はわたしに遠慮がない。今さら声を潜めて話しかけてくるとは思えなかった。

「どうしたの、ティスピン？」

「いえ、きっと気のせいです」

わたしの異変に気付いて、コロン先生が足を止めた。

呼びかける言葉は、もはや余所《よそ》行きのものではない。コーディにもそれなりに気を許しているという証拠だ。

そのコーディも、わたしの異常を察して腰の剣に手をかけていた。

魔獣の接近を感知したとでも思われたのだろう。

「葉のさざめきが声みたいに感じたので」

「もう、驚かさないでよね」

そう言いつつも、嫌な顔はしていない。

『――――よ、竜――――よん――――』

その時、先ほどよりもより大きな声が聞こえてきた。

相変わらずわたし以外には聞こえていないみたいだったが、今度ははっきりと言葉だと分かった。

そして『竜』という単語に警戒する。

わたしがドラゴンの関係者であることは、今のところラキとスピカさんしか知らないはずなのに。

「誰⁉」

「ど、どうしたのティスピンちゃん？」

「誰かいるのか⁉」

呼びかけに誰何《すいか》の声を返すわたしに、皆が驚きの声を発する。

唯一、コーディだけが剣を抜いて構えていた。コロン先生と違って、危機対応力の高さが見て取れる。

しかし今はそれどころじゃない。わたしにしか聞こえない声は、さらに大きくなっていた。

『呼んでいるよ、竜の娘。王様が呼んでいるよ――』

「誰が呼んでいるって？」

その言葉にわたしは首を傾《かし》げざるを得ない。

王様と呼ばれる存在に、知り合いはいない。いや、最近スピカさんが王様だと知ったか？

だけどそれは、今は関係ないはずだった。

「誰かいるの？」

「誰も見えないよぅ」

　エミリーとリタはお互いに抱き合って怯《おび》えている。

　その様子は微笑《ほほえ》ましいと思えるのだが、正体不明の呼びかけが聞こえる現在では、そんな二人を楽しんでいる余裕はない。

「コーディさん、みんなを守ってください。コロン先生も魔術の用意を。誰か……いえ、なにかいます！」

「わ、分かったわ」

　コロン先生がそう言うとエミリーとリタのそばに駆け寄る。

　わたしの隣にはコーディがやってきた。

「敵？」

「分かりません。呼んでいると」

「呼んでる？　誰に？」

「王様って言ってます。心当たりは？」

「王様に知り合いはいないわ」

「わたしもです」

　これは微妙に嘘《うそ》になるが、今ならそう外れた答えでもないだろう。

　ともかく正体不明の存在を見極めることが先決だ。

わたしは探知の術式を編もうと、竜気を呼び起こす。

『ダメだよ。王様、怒るよ』

「だから、王様って――」

誰かと尋ねようとした瞬間、わたしの足元から炎が舞い上がった。

それは隣に立つコーディを巻き込むことなく、的確にわたしだけに纏《まと》わりついてくる。

「ひゃっ⁉」

「ティスピン⁉」

小さく悲鳴を上げたわたしと、そんなわたしに手を伸ばそうとするコーディ。

コロン先生もこちらに駆け寄ろうとしている。そしてエミリーとリタは硬直して悲鳴を上げていた。

わたしは即座に状況を把握し、コーディに向かって手を伸ばす。

この炎は、決してわたしを害そうとしているものではない。事実、わたしは炎にまったく熱を感じていなかった。

かといってこのまま炎に巻かれ続けるのも気持ち悪い。

「コーディ――」

わたしが発することができた声は、そこまでだった。

炎に染まった赤い視界が突然白く変化する。

あまりの眩《まばゆ》さに反射的に片目を閉じる。もう片方の目は手をかざすことで防いでいた。

これは眼を守るために、ラキに叩き込まれた方法だった。

片目は目を閉じることで視力を失うことを避け、同時に片目は開けたままにすることで、奇襲に備えるためだ。

手をかざしているので、視界が無いのは同じだが、完全に目を閉じてしまうよりマシである。

白い光はやがて消え、視界が戻ったところで、わたしはかざした手を下げる。

そこには、今までとはまったく違う光景が広がっていた。


「どこ、ここ？」

真っ暗だった夜の山道は明るく照らされ、目の前には大きな湖が広がっている。

対岸は靄《もや》がかかってはっきり見えないが、かなりの広さがありそうだった。

湖畔に立つわたしの周囲に、エミリーやリタの姿はない。もちろんコロン先生やコーディも。

そしてなにより違うのは、炎を纏った小さな『なにか』が踊るように宙を舞っていることだ。

「えっと、これはなに？　いったいなにが起きたの？」

疑問符を浮かべるわたしの周囲を、炎を纏った『なにか』がうれしそうに舞い踊る。

よく見るとそれは、小さな赤いトカゲのような姿をしていた。

その姿にわたしは心当たりがあった。実際に見たことはないが、書物などで読んだことはある。

「わぁ……ひょっとして、サラマンダー？」

初めて見る精霊の姿に、わたしは感動の声を上げる。

精霊に嫌われる体質だから半ば諦《あきら》めていたが、こうして精霊を目にすることができたのだから感動もひとしおだ。

小さな精霊たちはわたしの周りを舞うように飛び回り、囁き続ける。

しかし決して触れてこようとはしない。

「なんの用？　できればエミリーたちと離れたくないんだけど」

『竜の娘、呼んできたよ。王様、呼んでるよ』

『王様、怒ってるよ。竜の娘、怒られるよ』

言葉は通じるが話がまったく通じていない。

だけどなにが言いたいのかは、なんとなく分かった。

きっと、わたしがドラゴンの術をいくつか使ったため、この地にいるという精霊王が怒ってしまったのだ。

それを鎮めるため、わたしは精霊に呼び出された、ということだろう。

「えと、竜気を使ったのは悪いと思うけど、しかたない事情があってね？」

『王様こっち。来る。竜の娘、来る』

「いや、あの……」

サラマンダーはこちらの話を聞くつもりはまったく無いようで、わたしを湖の方へと誘う。

わたしはその後をついていき、湖の中に足を踏み入れた。

すると不思議なことに、足は水に沈むことなく、水面を歩くことができていた。

「うわぁ、すっごい」

水面を歩く技はドラゴンたちにも存在しており、わたしも使うことができる。

しかし『自分で水面を歩けるようにする』ことと、『もとから水面が歩ける』のは大きく違う。

説明しがたいことだが、ここは本当に違いがあるのだ。

「どこまで続くんだろ？」

水面を歩くようになって百メートルは進んだだろうか。しかしまだ対岸は見えない。

靄で視界が狭まっていることは確かだが、これほど広い湖は山になかったはずだ。

直後、ざぁっと強い風が吹き、靄によってわたしの視界が完全に奪われる。

そして靄が晴れた後には、どこから現れたのか、宙に浮いた玉座に座った赤毛で蓬髪《ほうはつ》の男がこちらを見下ろしていた。

刺すような眼光と整った容姿。長く無造作に刈られた髪が風になびき、大多数の女性が美形と称するであろう容姿。

「なぜ、ラキとこうも違うんだろう……？」

同じく無造作に切った髪と整った容姿を持つというのに、ラキはどこか野暮《やぼ》ったい印象を受ける。

だというのに目の前の男性は、明らかに野生的な美形と呼ぶのにふさわしい。

「来たか、竜の娘よ」

「あなたは？」

「我が何者か察せぬほど、お前は愚かなのか？」

「火の精霊王様、ですよね」

傲慢不遜な口調だが、その口調が不思議としっくりとくる。彼の正体はその口調が示す通り、精霊の中でも高位にあると考えられた。

ここまで案内してきた精霊もサラマンダーだけだし、纏う気配からしてサラマンダーの上位という感じだった。

さらにもう一つ、わたしは気付いたことがある。

それは、相手の強さに関してだった。オース大陸で暮らしてきただけに、わたしは相手の力量を無意識に測る癖《くせ》がある。

これは決して勝てない相手とは戦わないという、経験から得たものだ。

その結果から推測するに——

「えっと、お初にお目にかかります、火の精霊王様」

面倒なので、わたしは速攻で下手に出ることにした。

この手の輩と面倒を起こしても、得るものはなにもないことが多い。

今回も、とにかく下手に出て勘気を解いてもらう方が早そうだと判断した。

「ふん、多少の礼儀はわきまえるか。しかし我が領域で薄汚い竜気を撒《ま》き散らしたことは許されんぞ」

「う、薄汚い――!?」

とっさに言い返さなかったところを、自分でほめてやりたい。

ラキがわたしが生き延びるために、いろいろ授《さず》けてくれた技術。その源泉たる竜気はドラゴンの技を使う上で必須のものだ。

それを薄汚いと罵られて、激昂《げきこう》しないはずがない。

そこをグッと呑《の》み込んで口をつぐんだ。

彼は火の精霊王。つまり、今後精霊魔術を使うようになるならば、その効果は彼の機嫌に左右される。

打算込々で屈辱に耐え、わたしは言葉を紡ぐ。

「では、どのようにすれば、お赦《ゆる》しをいただけるのでしょうか?」

使ってしまったドラゴンの技はしかたない。それに竜気に関しても、わたし個人でどうこうできるものではない。

しまえと言われてもしまえるものではない。それができるなら、すでにわたしは精霊魔術を使いこなせている。

「貴様を殺し、竜気のもとを絶つ」

「なっ⁉」

いきなりの無体な言葉に、わたしは言葉を失ってしまう。

殺すと言われて心穏やかでいられる者なんていないだろう。

その驚愕《きょうがく》が精霊王の溜飲《りゅういん》を下げたのか、彼は口の端を歪《ゆが》めて含み笑いを漏らす。

「と言いたいところだが、我らは野蛮な人族とは違う。気に入らぬからといって命を奪うことは、創世神グローディアの意に添わぬ」

「そ、それは重畳でございます」

まったく喜ばしいことではないが、おべっかを使う程度には冷静さが戻ってきた。

そんなわたしの心境も知らず、精霊王はさらに調子に乗る。

「なので貴様の持つ物の中で、もっとも竜気の濃い物を破壊することで手を打とう」

「ハ？」

「その腰の刃物だ。そこから濃い竜気を感じる」

言われて腰に視線を落とす。そこにはラキとスピカさんから贈られた山刀があった。

この山刀には二人の鱗《うろこ》が使用されているため、竜気が濃いというのは納得できる言葉だ。

だからといって、はいどうぞと差し出せるものではない。

ラキもスピカさんも、わたしにとっては大事な家族だ。その二人から贈られた物を、他人に差し出せようはずがない。

「お待ちください、これはわたしの家族からの大事な贈り物。破壊することだけはお赦しを」

「そうはいかぬ。この地は今、代替わりによって精霊力が低下した状態にある。そこに貴様の竜気が流れ込み、結果として精霊たちが竜気を感じて逃げ出し、その間隙《かんげき》を縫うように周囲の魔獣たちが押し寄せてきておる」

「それは……」

「我は代替わりしたばかりの若造とはいえ、この地を治める者。無用な混乱は避けねばならぬ」

「その、それは分かりますが……」

「もっとも単純な解決法はその根本を葬ること。それは貴様でも理解できよう？」

「待っ――」

しかし拒否する言葉を発するより先に腰の剣帯がはじけ飛び、山刀が鞘から勝手に抜けて、精霊王の手元へと飛んでいった。

「返してください！」

「我に要求できる立場か？　これが不快だと言っておるのだ」

「それならすぐにこの地から立ち去ります！　明け方には出発する予定なんです！」

「一刻の猶予もならん」

「それはわたしにとって、大事なものなんです！」

狼狽《ろうばい》するわたしをじっくりと愉《たの》しみ、精霊王は山刀を持つ手に力を入れる。

竜の鱗を素材にし、通常の鉄よりも遥《はる》かに強靭なはずの山刀が、手の中であっさりと砕け散った。

しかも手の外にはみ出していた部分まで粉々に砕けている。

「ああっ⁉」

わたしは声にならない声を上げ、砕けて落ちた破片を掻《か》き集めに駆け寄った。

「クク、クハハハ、ハハハハハハハハハハ‼」

礼を取る余裕すらなくし、足元に這いつくばって水面に散らばった破片を拾おうとするわたしを見て、精霊王は哄笑《こうしょう》を上げる。

そんなわたしを嘲笑《あざわら》うかのように、精霊王はパチンと指を鳴らした。

すると水面に浮かんでいた破片が水の中へ沈んでいく。

不可思議な力で水面に浮かんでいたそれが、突然世界の摂理を思い出したかのように。

「そんな――」

オース大陸で捨てられていたわたしにとって、唯一の家族。

その二人から贈られた、数少ない『わたしの物』と言える武器。

それがまるで、宙に舞う木の葉のように、水の中に沈んでいく。

わたしはその光景を見て、最初悲哀に、そして憤怒に感情が染まっていく。

精霊王に対して、わたしはきちんと礼を尽くしていたはずだ。

謝罪もしたし、明け方には立ち去るとも口にした。

なのに結果はこの有様だ——いったい何様のつもりなのか？

「ほう、我を睨《にら》むか？　非力な貴様になにができる？」

「そっちこそ、相手の力量も見定められず、なにが精霊王か」

「なんだと……？」

わたしが見たところ、精霊王の力量はスピカさんはおろか、ラキにも及ばない。

そしてわたしの持つ山刀を砕いたことでなにが起こるか、それすら思い至っていない。

ラキやスピカさんと面識がないのだから、当然と言えば当然なのだが、そんなこと知ったことではない。

「そもそも、ワームがここにやってこなければ、エミリーたちが山に入ることも無かったたし、わたしがここまで来ることも無かったのに」

ワームがこの地に現れたのは、代替わりによって精霊力が減衰し、土地の加護が薄れたから。

ブツブツと抗弁するわたしの言葉を、精霊王は止めなかった。否《いな》、止めることができない。

それだけの迫力が——竜気が抑えきれず、わたしから漏れ出していた。

「あなたの力が不安定なせいで、多くの人が迷惑を被《こうむ》っている」

東方の干害による作物の不作。その結果、香辛料が不足し、商人と取り合いになった。

他にも魔獣が各地で暴れ出し、ワームもその影響でわたしたちに襲い掛かってきた。

結果として、エミリーとリタが無謀な行動を取り、危険な目に遭っている。

「すべてはあなたの未熟じゃない。だというのに人の持ち物に手を出し、嘲笑えるほど、あなたは偉いの？」

「我は精霊の王ぞ！　それを未熟と侮《あなど》るか⁉」

「当然」

怒気を孕《はら》ませ、全身に炎を纏って立ち上がった精霊王に、わたしは一歩たりとも退かなかった。

その理由を、わたしは優しく説明してやる。

「その山刀を作った人、すっごい過保護なんだよ」

「それがどうした？」

「その人――ドラゴンがね？　自分の鱗を提供した武器が壊されて、気付かないはずが無いでしょ」

「なにが言いたい、貴様！」

激昂している精霊王はまだ気付いていない。しかしわたしは、慣れた気配が近付いてくるのを感じ取っていた。

「つまりこういうこと」

直後、空が割れた。

精霊王が作り出した、異界とも言えるこの空間。

それをゴリ押しで叩き壊し、巨大なドラゴンが二頭、舞い降りてくる。

どちらも凄《すさ》まじい巨体と威圧感。透き通った空色のドラゴンですら普通のドラゴンの数倍はあるだろう。

これはスピカさんがドラゴンに戻った姿だ。

そしてもう一方——漆黒の巨体を持つドラゴン。ラキはさらにとんでもない。スピカさんすら小さく見えるほどの巨体を持つ。

もはや生物なのかと疑わしくなるほどの存在感だ。

「あ、ああ……」

その威圧感に気圧《けお》され、精霊王ががくがくと震えながら、声を漏らす。

人間だったら小便を漏らすほどの恐怖に苛《さいな》まれながら。

「まさ、か……レクストラキア……だと」

「レクストラキア？　破壊竜の？　違いますよ、あれはわたしの保護者のラキです」

「馬鹿《ばか》を言うな、あれほどの威容、レクストラキア以外に存在するものか⁉」

まぁ、スピカさん——スピカレウスが頻繁に様子を見に来るほどの存在だ。わたしもなんとなく『そんなこともあるんじゃないか』と疑ったことはある。

だからどうだというと、どうにもならないというのが現実だった。

レクストラキアかどうかは関係なく、ラキはダメな保護者だったたし、スピカさんは世話焼きお姉さんだった。

そうと悟ってからは、わたしはその可能性を意識しないようにして生活していた。

「貴様か、俺《おれ》の養い子に手を出した愚か者は」

まるで天が揺れるような声が降ってくる。

込められた怒りだけで、意識が飛びそうになるほどだった。

それでもわたしは、足を踏ん張って耐える。言わねばならないことがあった。

「ラキ、近くにいる人間に手を出したらダメだよ？」

この近くには、エミリーやリタ、コロン先生たちもいるはずである。

いつもの調子でラキが怒りを振りまいた結果、彼女たちが巻き込まれる可能性はあった。

そこで前もって、彼に釘《くぎ》を刺しておいた。ラキも視線をこちらに飛ばし、小さく頷《うなず》いて了承を示す。

「わ、我は――」

一方、わたしの言葉も耳に入らず、精霊王は必死に天を仰いで抗弁していた。

「わ、我の領地で竜気を発した物を裁いたにすぎない。いかに滅界の破壊竜といえど、く、口出しは無用に、願おう！」

ところどころ噛《か》みながら、それでも胸を張って立ち向かうのは、さすが精霊王というべきだろうか。

しかし今回は相手が悪かった。

ラキがひと睨みしただけで、周囲に侍《はべ》っていたサラマンダーたちは身動き取れなくなる。

「ひ、ひぃっ！」

精霊王は頭を抱えてその場に蹲《うずくま》る。王の威厳はすでに木端微塵《こっぱみじん》の状態だ。

さらに追い打ちをかけるように、スピカさんが軽く吐息《ブレス》を吹きかける。

光の奔流《ほんりゅう》のような吐息《ブレス》は雨のように降りかかり、わたしと精霊王の周りだけ同色の結界が
張られる
スピカさんのブレスで湖の水が蒸発し、続いてラキが軽く指を振るった。

それだけで精霊王が、カラカラに乾いた湖底に叩きつけられた
「たかが精霊の王がレクストラキアの眷属に手を出していいと思っているの？　寝た子を起こ
さないでちょうだい」

「俺を子供扱いするな」

「子供よりも厄介《やっかい》でしょ、あなたは」

とんでもない威圧感をばらまきながらも、どこか軽い応酬をする二人に、ラキとスピカさん

だと改めて思う。

「あはは」

この状況でも変わらぬ二人に、わたしは虚《うつ》ろな笑みを漏らす。

そうこうしている間にラキが精霊王へと手を伸ばし、巨大な爪《つめ》でつまみ上げた。

「貴様の理由がなんであれ、俺の怒りに触れたことに違いはない。さて、どうしてくれようか？」

「ひ、ひ……」

もはや精霊王は言葉すら成せていない。なにせ相手は滅びの邪竜である。

未熟な精霊王が、容赦なく滅びを与えてくる相手にどうやって抗しろと言うのか。

「貴様、滅したいか？」

「ひっ、ひぃっ⁉」

精霊王はもはや言葉を発することはできず、意思を伝えるために必死に首を振る。

正直言って、哀れなほどの有様である。

「別に滅ぼしてもいいわよ。火の精霊王の一匹程度、新しく作ってあげるから」

スピカさんの言葉は、ラキよりさらに辛辣《しんらつ》だった。

創世神グローディアの側近である星霊竜《アストラルドラゴン》の彼女なら、精霊王を作り出すことも可能かもしれない。

「お、お赦しを……どうか、ご慈悲を……」

「お前は赦さなかったのだろう？　だから俺がこの娘に贈った山刀を砕いたのだろう？」

「知らなかったのです！　あなた様の――」

「黙れ、耳触りだ」

「――っ⁉」

ラキの主張は、精霊王の『竜気が不快だ』と暴挙を行ったことと同じものだ。

非常に自分本位で、わがままで、妥協もなにもない。

「しかし俺はお前と違って優しくてな。ティスピンに嫌われるのもかなわんし」

「別にそんなことでラキを嫌ったりしないよ。そいつ、それほど好きな相手でもないし」

「そ、そんな――」

わたしの言葉に精霊王はその端正な顔を崩す。

精霊王の座に就いた直後にスピカさんとラキの怒りに触れ、滅ぼされる。そんな精霊王は歴史を見ても、彼しかいないだろう。

「貴様が彼女に助力するというのならば、今回だけは目溢《めこぼ》ししてやろう」

「し、します！　全力で！」

その言葉を受けて、ラキは精霊王を解放した。

上空から巨大な目が精霊王を見下ろす。その威圧感だけで私ですら意識を失いそうになる。

「ならば今回だけは、見逃す。先ほどの約定、違えるなよ？」

「一命に代えましても！」

平身低頭の体《てい》で精霊王はラキに土下座する。

それに満足したのか、ラキとスピカさんは一つ頷くと、天高く舞い上がり、そのまま空へと消えていった。

そのままグレンデルに戻らなかったのは、自分たちの正体が露見しないようにという、スピカさんの配慮だろう。

ラキたちが姿を消したのを見送った後、精霊王は大きく息を吐いた。

「まったく、なんてことだ……この我が小娘のお守りだと？」

「――ん？」

「レクストラキアに誓約してしまった以上はしかたない。小娘、貴様に協力してやろう」

ラキが姿を消したとたんに、この態度。さすがにわたしもイラッときた。

「とにかく、とっととこの地を去れ、小娘」

「協力してくれるんでしょう？　ならさっそく手伝ってもらおうかな？」

「なに？」

わたしの要求に嫌そうな顔を返してくる精霊王。しかし一度火がついたわたしは、それを無視して話を進める。

「あなたに山刀を壊されたせいで、わたしの武器がなくなっちゃったの。だから破片を掻き集めて、元通りに直してね？」

「な、なにを言って――」

「あ、他の山刀でお茶を濁そうとしてもダメだよ。あの山刀はわたしにとってかけがえのない、大切な物だから。あのままの姿でわたしに戻すこと」

「破片はそこら中に散らばったのだぞ、しかも粉々になって！」

「そうしたのはあなたでしょう？　自分でしでかしたことの責任くらい取りなさい」

「このガキ、調子に乗りおって……」

ブルブルと怒りに震える精霊王だけど、それはこちらも同じだ。

わたしも精霊王をただで解放しようとは思わない。

ラキやスピカさんにとっては、大したことない贈り物だったからあっさり解放したのかもしれないが、わたしにとってあの山刀は宝物だったのだ。

「そっちこそ、調子に乗らないでね。ラキやスピカさんがわたしの後ろ盾《だて》だから言っているんじゃないのよ？」

「どういう意味だ、小娘」

「はっきり言うと、あなたは弱い。ラキやスピカさんはもちろん、わたしよりも」

「なんだと⁉」

そう、精霊王を名乗るわりに、この精霊は弱い。はっきり言ってわたしの方が強いくらいだ。

しかし、彼を消し飛ばしてしまうと、干害や魔獣の増加という異変が起きてしまう。

だからわたしは、彼に対して下手《したて》に出ていた。

もっともそれが彼の増長を招いてしまったのだと考えると、良かったのか悪かったのか、判断がつかない。

「小娘、調子に乗っていると、いかにレクストラキアの眷属《けんぞく》といえど――」

精霊王の言葉を待たず、わたしは全身の竜気を開放した。そして身体強化の術式である竜気纏粧《ドラゴノート》を起動する。

「き、貴様、なにを――」

突然のわたしの暴挙に精霊王が顔を引き攣《つ》らせる。

不快な竜気を目の前で解放され、かといってレクストラキアの庇護《ひご》下にいるわたしに手を出すこともできず、ただそこに立ち尽くす。

そんな精霊王のすぐ横に向かって、わたしは起動した技を撃ち放つ。

「――滅竜撃咆《カルバリン》」

引き絞った拳を矢のように突き出し、前方にある空気を圧《お》し潰《つぶ》す。

急激に圧縮された空気が最小単位にまで粉砕され、膨大な熱を発する。

それを拳の勢いのままに前方に撃ち出す技だ。

ドラゴンと違い、吐息《ブレス》という能力を持たないわたしが、その代替として編み出した技である。

これを見たラキはしみじみとした口調で、『俺はトンデモない生物を生み出したのかもしれん』と失礼なことを口にしていた。

ともあれ、滅竜撃咆《カルバリン》によって撃ち出された空気は、精霊王のすぐ横を吹き抜けそのまま天空へと消えていった。

上空の雲が円形に抉《えぐ》り取られ、そこだけ綺麗《きれい》な夜空が覗《のぞ》く。

「……ハ？」

「見ての通り、わたしはあなたを消し飛ばせる技を持っている。これもラキ——レクストラキアの教育のお陰だね」

「ちょ、ちょっと待て、今のはいったい⁉」

「わたしの切り札の一つだよ。目にすることができて光栄に思いなさい」

精霊王はぽっかりと穴の開いた夜空を見、そしてわたしを見る。
二、三度パクパクと口を開き、なにか言おうとしていた様子だったが、その後なにも言わずに山刀の破片を掻き集め始めたのだった。
精霊王はさすがに一人では破片を集めきれないと知り、サラマンダーたちを呼び出して山刀の修復に取り掛かっていた。

それを見届けてから、わたしは山道を一人で歩いていった。

わたしはエミリーやリタたちの前から急に姿を消した状態だったので、すぐにでも彼女たちを安心させたいと考えていた。

山刀という武器がなくなってしまったので、竜気を解放した状態で山道を進む。

そうして周囲を威嚇《いかく》しながら山道をしばらく進むと、こちらに剣を向けるコーディと、何事かと目を丸くしているコロン先生の姿が見つかった。

「あ、先生」

「っ!? なんだ、ティスピンか」

「どうしたんです、剣なんか向けて？」

「あっ、す、すまない。いやとんでもない化物が近付いてきたと思って。それに巨大なドラゴンが……」

そう答えるコーディの言葉は、間違いではない。

竜気を解放したわたしは、精霊王すら威圧できる存在である。

それを感知できただけでも、彼女は優秀なのかもしれない。

「ヤだなぁ。わたしのどこが化物なんですか」

「そ、そうだな。そうだよな」

解放していた竜気を抑え込み、何事もなかったかのようにしらばっくれる。

竜気を扱えることは、彼女たちには内緒にしておきたい。

精霊魔術とはまったく違う系統の技なのだから、下手をしたら変な興味を持たれるかもしれなかった。

精霊魔術を学びに来ているのに、精霊に嫌われる竜気を使う技を教えるなんて事態になるのは、できれば避けたい。もう手遅れかもしれないけど。

「それより、なにがあったの？　身体は平気？」

「ええ、大丈夫です。精霊がわたしにちょっと用事があったらしくて」

「精霊が⁉」

ここで精霊王とか口にしたら、コロン先生から質問攻めになりかねない。

そこでただの精霊ということにしておき、用とはわたしが持っていた山刀ということにしておく。

現にわたしの腰から山刀が消えていたので、先生はあまり疑うことなく、わたしの主張を受け入れた。

「それにしても、精霊がティスピンの山刀になんの用があったのかしら？」

「それはわたしにもさっぱり。特殊な素材を使っていたとは聞いていたので、その関係かもしれませんね」

「そう？　まぁいいわ。無事だったのなら、早く山を下りましょう。さっきのドラゴンは見たでしょ？」

「ええ、大きかったですね」

「さすがにエミリーとリタは連れてこれなかったから、ラバン村に預けてきたの。そちらも心配だから、早く戻らないと」

どうやらコロン先生は、わたしが消えた後でエミリーとリタをラバン村に預けて、わたしの捜索を続けていたみたいだった。

そこへラキとスピカさんがドラゴンの姿で現れたのだから、慌《あわ》てもするだろう。

「あんな大きなドラゴンが飛来するなんて、ただ事じゃないわ。早く山を下りてみんなと合流しましょう」

「そうだな、ここは早く離れた方がいい。あれは私はおろか、ティスピンにだって相手にならないようなバケモノだ」

「そ、そうですね」

まぁ、わたしですら相手にならないというのは事実である。なにせ竜帝スピカレウスに滅界邪竜レクストラキアなのだから。

その事実を知ったら、この二人だって正気ではいられないだろう。

場を取り繕《つくろ》いながら、わたしは乾いた笑いを漏らし、コロン先生と一緒にラバン村へ向かったのだった。

「ティスピンちゃん！」

「良かった、無事だった！」

ラバン村に辿《たど》り着いたわたしを、待ち構えていたエミリーとリタが抱き着いて迎える。

いきなり炎に巻かれて姿を消したのだから、心配するのも無理はない。

「ただいま。ちょっと精霊に呼ばれちゃった」

子供に向けた話し方なら『精霊さん』と言うところだが、一瞬精霊王のムカツク顔が脳裏に浮かんだので、呼び捨てにしておく。

そんなわたしの心境も知らずに、エミリーとリタは目を輝かせていた。

「精霊さん？　見たの？」

「すごい、どんな姿だった？」

「えっとね、赤毛で人と大差ない姿で、顔は良かったかな？　あと炎を纏ったトカゲも」

「わー、わたしも見てみたかった！」

激しく興奮する二人の脳裏からは、先ほどのドラゴンの姿はすっぽりと抜け落ちてしまっていた。

目の前の出来事に集中してしまうのは、子供の長所でもあり、短所でもある。

それを子供のわたしが言うのは、どうかと思うけど……すっかり老成しちゃってるな。

「それより、さっきドラゴンが飛んできたでしょ。早くみんなと合流して避難しないと」

「そうだった！　すっごく大きいのが来たね！」

「うんうん。村より大きかったね！」

二人して拳を握って力説する姿はとても可愛《かわい》いのだが、今はそれどころではない。

いや、もうなにも起きないと知ってはいるのだが、余裕がない振りはしないといけない。

二人は力強く頷いて、わたしの言葉に従ってくれる。

ラバン村で待機していたもう一人の教師もわたしたちと合流し、一緒に山を下りることとなった。

ワームの存在を知ったラバン村の人たちは、村の防衛のために様々な対処を取らなくてはならなくなったため、よそ者であるわたしたちがいなくなるのはむしろ歓迎だったらしい。

ホッとしたような顔でわたしたちを送り出し、入学後のオリエンテーションは最初から最後まで波乱に巻き込まれたまま終了したのだった。


それから半日かけて、次の日の夕刻にはグレンデルの町に戻ることができた。

昨夜からのトラブルで睡眠不足の子供たちは、馬車の中からすでにグロッキー状態になっており、あちこちで寝息が響く有様だ。

「ま、無理ないけどねぇ」

「そういうティスピンは元気そうだね」

「コーディさんだって元気じゃないですか」

エミリーとリタも例に漏れず、わたしに寄り掛かるようにして寝息を立てている。

馬車の外で、そばを歩きながら、窓からコーディが気楽に話しかけてきていた。

彼女や護衛の一部からは、わたしは一目置かれるようになってしまっていたので、わたしの乗る馬車の護衛たちはどこか気楽そうだった。

「私は大人だからね」

「そうですかね?」

わたしはそう言って、馬車内の特定の場所に視線を向ける。

そこには子供たちに交じって寝息を立てるコロン先生の姿があった。

はっきり言って、その姿は生徒とまったく見分けがつかない。

制服を着ていたら、それこそ発見することも難しかっただろう。

「ま、正直言うと私も早く宿に戻って寝たいけどね」

「できないんです?」

「いろいろと報告することがあるじゃない」

そういえば、ワームの弱点についての話や、メタルバードやロックリザードの弱点なんかも、彼らに教えていたっけ。

「魔獣の弱点ですか？」

「他にもドラゴンについても、報告を求められるだろうなぁ」

「あー、なんかすみません」

「なんでティスピンが謝るの？」

あれは完全にわたしの事情によるものだ。

やむを得ない理由があるとはいえ、そのせいで彼女たちに余計な仕事を増やしてしまったのは、さすがに申し訳なく感じる。

「ま、まぁそれはそれとして。あのドラゴンはなんだと思います？」

ラキの正体がレクストラキアと確定してしまった以上、その正体をどれだけの人間が知っているのか、気になる。

ただのデカいドラゴンとして処理されるのなら、なんの問題もない。

しかし滅界邪竜が目覚めて活動していると知られれば、世界中でパニックが起きるかもしれない。

創世神グローディアと戦った経験がある邪竜なのだから、当たり前の話だ。

なぜ互いが互いの影である創世神とラキが戦ったのか、そこが謎《なぞ》なのだが、それはラキ本人に聞いてみないと分からないだろう。

コーディはわたしの質問に、首を振って応《こた》えた。

「私に分かるわけがないよ。ドラゴンなんて大物の魔獣は、専門外だし」

「専門とかいるんですか？」

「いないね。せいぜい腕のいい戦士や術者を集めて、どうにか退治するしかないんじゃない？」

「退治されるのは困りますね」

「なんで？」

普通なら、ドラゴンという魔獣が現れたら、討伐してもらわないと困るだろう。

しかしわたしの保護者でもあるのだから、それは困る。

そんな事情を知らせるわけにもいかず、どうしたものかと視線を逸らす。

すると進行方向に、あたしたちを心配して迎えに来た一団の姿が目に入ったのである。

第五章 ✦ 消えた友達と竜の少女

Wizard of Dragon's Roar

グレンデルの町に戻ってきて数日が過ぎた。その間にも私の生活に変化が訪れている。

その中の一つが、朝寝坊だ。

スピカさんが一緒に暮らしてくれているので、わたしは朝食の支度などをする必要がない。

おかげでいつもよりもゆっくりと眠ることができる。

辺境での暮らしとは比較にならないほど柔らかく、温かい寝具。

フワフワの毛布に包まれて微睡《まどろ》むのは、何物にも代え難《がた》い贅沢《ぜいたく》だった。

そんなわたしの睡眠を小さな音が遮《さえぎ》ってくる。

コンコンと、力強いノックの音。そして少し怒ったようなスピカさんの声。

「ティスピン、もう朝よ。早く起きないと学校に遅れちゃうんだから」

魔術学園のことを、街の人は学校と呼んでいる。正確には、子供が通う教育機関全般を学校と呼んでいる。

オリエンテーリングを終え、わたしたちの授業も普通のスケジュールへと戻っていた。

とはいえ、すでにラキから学んでいた授業ばかりなので、少しだけ怠け虫が顔を出してくる。

「もう少し寝かせて。寝る子は育つっていうじゃない？」

「そういうのはきちんと育ってから言いなさい。チンチクリンなんだから」

「それはヒドイ!?」

　確かに他《ほか》の生徒よりも、わたしの身体《からだ》は少し小さい。だからって『ちんちくりん』って言い方はないと思う。

　抗議のために跳ね起きたわたしの気配を察したのか、スピカさんが扉の向こうで笑っている気配が伝わってきた。

　まぁ、起きなきゃいけないのは事実だったし、おとなしく降参してベッドから出るとしよう。


　服を着替え、裏庭にある井戸へと向かう。

　大きな屋敷なので、専用の井戸も備えられていた。これがラキがこの屋敷を気に入った一因でもある。

　酒造が趣味な彼にとって、手軽に大量に水を仕入れられる場所というのは大きな価値を持つ。

　倉庫に人のいる気配はしなかったので、ラキも朝の仕込みを終えているようだった。

　わたしも手早く顔を洗っていると、敷地を区切る生垣の向こうから、声がかけられた。

　生け垣はあまり高さはなく、敷地の境界を示す目印程度のものだから、外から丸見えだったりする。

「おはよう、ティスピンちゃん。今日も朝早いね」

「おはようございます。そうかな？　スピカさんに起こされたんだけど」

「アハハ。アンタんところは揃《そろ》って早起きなんだね。うちの悪たれ坊主なんて、まだ寝てるよ」

言われて気付いたが、生け垣の向こうの通りはまだ閑散としている。

辺境大陸では、朝は日の出とともに起き出して、日が沈む前に家に戻らないと、魔獣に襲撃されてしまう。

朝出とともに沼から水を汲んできて、浄化の魔術でチマチマチマチマと飲用水を作り、日が暮れれば魔獣を警戒して家に篭《こも》る。

水作りの他にも薪割りや非常食、ろうそく作りなんかもしておかないと、生活に困る有様だった。

「そっか、ここじゃ水汲みとか必要ないですもんね」

「ティスピンちゃんが井戸まで水汲みに行くのかい？　感心だねぇ」

井戸のない家は共用井戸まで水を汲みに行く必要がある。わたしの屋敷には専用の井戸があるので、そんな必要がない。

それでも子供の身で水汲みは大変だろうと思ったのか、そんな風にわたしを労ってくれた。

もちろん勘違いなので、そこは修正しておく。

「いえ、カエル沼まで」

「カエル沼？」

「あ、前の家の話ですよ！」

スワンプトードの生息地だったので、わたしはそこをカエル沼と呼んでいた。まぁ、今はもう関係ののない話だし、追及されたら危険な話題なので笑ってごまかしておいた。

「水汲みにカエルのいる沼の水を使うのかい？」

「ええ、まぁ。あまり水の便の良くないところでしたし、大きいと変な魔獣が住み着いちゃうので。ヒドラとか？」

「ヒドラが住み着くって、どんな冗談だい。オース大陸じゃあるまいし」

「あは、あははは……」

そのオース大陸ですとはとても言えないので、わたしは乾いた笑いだけを返し、屋敷の中に逃げ込むことにしたのだった。


食堂の扉を開けると、そこにはいつもの顔と新しい面子《メンツ》が鎮座していた。

「うげ」

「人の顔を見て『うげ』とか言うな」

「いや、どこに好感度を持てと？」

長テーブルの端にはラキが座っており、その前と左右の席には朝食の用意がされていた。

これはわたしとスピカさんのものだ。

そしてラキの対面、つまりもっとも離れた席には火の精霊王――ゴエティアが座っていた。彼はラキに脅され、配下の精霊に山刀の破片を集めさせつつ、本人はわたしの護衛としてこの屋敷に逗留していた。

わたしの不機嫌そうな視線を受け、精霊王も苦い顔をする。

ワイルドで整った顔の眉間《みけん》にしわが寄っていた。

「あの一件に関しては、この通り心から謝罪をする。それに今の我はそなたの護衛なのだから、多少は受け入れてもらわねば困る」

「護衛なんていらないよ？」

ただの魔術学園生のわたしに、なぜ護衛が必要となるのか。この辺をラキに問い詰めた際、町中は危険だから念のためと言い含められていた。

まぁ、こいつはこいつで、透明になれるし壁抜けもできるという便利な存在なので、そこはうまく使えば……というところかもしれない。

「護衛は付けておけ。俺《おれ》はこの後、新しい山刀を造りに出かけるからな」

「おでかけ？　長いの？」

「そんなにはかからんよ。素材自体はあるんだからな」

ということは、また自分たちの鱗《うろこ》を素材に使うつもりなのだろうか？

国が買えるほどの希少素材を惜しみなく使うのは、わたしの精神衛生上、非常によろしくない気がするんだけど……

「そっかスピカさんは？」

「私はちょっと竜城に戻ってみるわ。しばらく放ったらかしだったし」

「そっか。じゃあ、今日はわたし一人になるのかな？」

「お留守番、お願いね」

竜城というのは中央辺境大陸オースの中央付近にある、標高一万メートル近い巨大な山を指す言葉だ。

多くの洞窟《どうくつ》が存在し、そこを住処《すみか》にするドラゴンが大量にいるらしい。

このエステリア大陸の人が見たら地獄のような場所らしく、本人（竜？）いわく、そこの管理人みたいな仕事をしているそうだ。

ともあれ、二人が屋敷を開けるのならば、ゴエティアの存在はありがたい。

わたしは結局のところ、まだまだ子供なのだから。

「むぅ……護衛は認めてあげるけど、極力人前に姿を出さないでね？」

「承知した。というか、姿を見せると面倒で困る」

こいつが初めてこの近所で姿を現した時、近所のお姉さま方が黄色い歓声を上げて非常に騒々しかったことを思い出した。

なんだか『ラキとのカップリング』がどうとか、『攻めに見えて受け』がどうとか言っていたけど、意味が分からなかった。

ラキに聞いても首を振っていたので、彼も分かっていないっぽい。

わたしはそんなことを思い返しつつ、朝食を勢いよく口の中に詰め込んでいく。

すでに結構な時間になっており、もうすぐエミリーが迎えに来てくれる頃合《ころあ》いだ。

そんなわたしの仕草《しぐさ》を見て、スピカさんは眉《まゆ》をひそめていた。

「ティスピン、仮にも女の子なんだから、そんなラキみたいな食べ方するんじゃないの」

「へも、もうふぐ、ひはん――」

「あと口の中に食べ物が入ってる状態でしゃべらない」

「ふぁい」

辺境にいた頃からスピカさんは作法には厳しい人だったけど、この町に来てさらに口うるささが加速している気がする。

とはいえ、エミリーやリタの行儀の良さを見ていると、確かにわたしは不作法と思われるケースが多々存在していた。

そんなわけで素直に姿勢を正し、口の中身をミルクで流し込んでおく。

そうして食事を終えた頃、屋敷のドアノッカーが元気よく叩《たた》かれた。

もはや朝の恒例となった友達との登校風景。

街路沿いの店の人も学園の生徒をよく見かけるせいか、気安く挨拶をしてくれる。

「おはよう、エミリー、ティスピン。今日も早いね」

「おはよう、おじさん。今日もパンが美味《おい》しそうだね」

「おはよう。ティスピンちゃん、朝ご飯食べてきたばかりじゃないの？」

「まだまだ入るよ。育ち盛りだから」

「……ふぅん？」

エミリーより一回り小さいわたしを、彼女はもの言いたげな目で眺めてくる。

おのれ、ここでもわたしをチンチクリン扱いしてくるか。

「ヒドイ！」

「あはは、ごめーん」

エミリーの背を軽くポカポカ叩きながら、抗議する。もちろん本気では叩かない。そんな真似《まね》をしたら彼女の背骨が折れてしまう。

二人でじゃれ合いながら学園の門をくぐり、教室へと向かうと、途中でリタと出会った。

「おはよ、リタ」

「おはよう、ティスピンちゃん」

彼女はわたしの家とは少し離れているので、一緒には登校できない。時間に余裕がある放課後なら一緒に帰れるのだけど、朝は時間がないらしい。

それでも、朝登校すると、真っ先に挨拶してくれる。

その途中、職員室から出てきたコロン先生と、ばったりと出くわした。

「あ、ティスピンさん！」

「ひぇ」

「なにが『ひぇ』ですか！　ちょっとお話があるからこっちに来なさい」

コロン先生はわたしが山の中で見せた身体強化の術に興味があるらしい。

先生はわたしだけ腕を引っ摑《つか》み、他に人のいない生徒指導室へと連行する。

肩を押さえ込まれて強引《ごういん》に椅子《いす》に座らされ、コロン先生が対面に座った。足が床についていないのが可愛《かわい》らしいが、見た目幼女でも、先生は先生だ。

「さて、あの身体強化の魔術について教えてちょうだい」

「いえ、あれは……」

身体強化の魔術は精霊の力を必要としない。それゆえに効率はあまり良くなく、竜気纏粧《ドラゴノート》ほどの効果は得られない。

子供のわたしが傭兵のコーディ以上の身体能力を見せたことで、わたしの術の異常性に気付いたらしかった。

だからといって、正直に答えることもできない。そもそもドラゴンの使う技は魔術と違って非常に分かり難《にく》く感覚的で、口で説明できるものではない。

「その、エミリーたちの悲鳴が聞こえてきたから、つい全力で魔力を振り絞っちゃって……」

身体強化の魔術の強度は本人の魔力に大きく依存する。精霊の助力を得られないのだから、余計にその差は顕著に出る。

わたしの言い訳を聞いてコロン先生は疑わしそうな視線を向けてくる。

しかしわたしとしてもこれ以上いい言い訳を考えることができず、冷や汗を流しながら引き攣《つ》った笑みを返すことしかできなかった。

コロン先生はずいっと顔を寄せて、わたしの目を覗《のぞ》き込もうとしてくる。

わたしはその視線を避けるべく、引き攣った笑みを浮かべたまま視線を逸《そ》らした。

「ひょっとして、秘密にしたいの？」

「いや、その……なんといいますか……」

コロン先生はわたしをじっと見つめて、様子を観察してくる。

確かに秘密にしたいのは確かなのだが、それを明言するのも『秘密があります』と公言していることになるので、答えに窮してしまう。

困惑するわたしの様子を見てある程度事情を察したのか、コロン先生もここで引き下がってくれた。

「ふぅん……まぁいいわ。事情があるのなら、そういうことにしておいてあげる」

「や、やだなぁ。事情なんてナイデスヨ？」

「顔が引き攣ってるわよ？　私も生徒の秘密を無理矢理聞き出すなんてことしたくないし」

そう言うとコロン先生は私の背中をポンと叩いて行っていいという合図をしてくれた。

こうも残念そうな顔をされると申し訳ない気分になってくるが、ドラゴンに習いましたなんて言えるはずがない。

ともあれ解放されたのなら長居は無用だ。わたしは藪《やぶ》から蛇を出さないうちに生徒指導室から退散したのだった。


いつものようにあまり成果が出ない授業を終えた後、わたしはエミリーとリタを伴って帰宅していた。

昼下がり時間ともなると通り沿いに食べ物系の店舗や屋台が数多く並んでいる。

おかげでまっすぐ帰るために、かなりの精神力を必要としていた。

朝と同じように、パン屋のおじさんが帰りも声をかけてくる。

「おかえり、嬢ちゃんたち。腹が減ったろ、パンを買っていくかい？　新作があるんだ」

「え、欲しい」

「ティスピンちゃん、買い食いは禁止なんだよ？」

「うっ、でも、ちょっとくらいは……」

「だぁめ」

食の欲求に負けそうになったわたしの両腕を、リタとエミリーが抱え込んで連行する。

そんな様子をパン屋のおじさんは大笑いしながら見送っていた。

少し遠回りをしてリタの家のそばで彼女と別れ、そして今度はエミリーの家へ向かう。

南六番通り。そこの七番地にわたしの屋敷があり、同じ通りにエミリーの家もあった。

その途中、大通りから逸れた小さな通りの一つから、怒鳴り声が聞こえてきた。

「無理なものは無理なんだって！」

「いいからさっさと用意しろってんだ！」

「んぅ？」

言い争う声は険しく、荒々しい。その勢いにわたしとエミリーは、身を強張《こわば》らせる。

わたしたちは様子を探るべく、通りをこっそりと覗き込んだ。

そこには激しく言い争う二人の男がいた。

「あっ、あの人……」

「うん、あの時の商人だ」

エミリーが二人のうち一人——壁に押し付けられ胸倉を掴まれている男を見て声を上げた。

そこにいたのは、香辛料を巡って、わたしと争った商人のロニーだった。

「こっちの食糧がもう尽きそうなんだ。さっさと用意しないと考えがあるぞ！」

「分かってるって。だけど量が量だ。すぐには用意できない」

「それをなんとかするのが商人ってもんだろうが！」

「だから、できないものはできないんだ。干し野菜なら在庫があるけど」

「そんなもん食えるか！」

胸倉を掴んでいた男は、そう叫ぶとロニーを壁に投げつけるように手を離した。

男は素肌の上に袖《そで》のない革のジャケットを纏《まと》い、腰に曲刀を吊《つ》るしていた。荒事となれば、ロニーには勝ち目はないだろう。

それでも気丈に言い返すのは、度胸があるというべきか？

男の剝《む》き出しの腕に、剣が刺さった骸骨《がいこつ》の刺青《いれずみ》があったのが印象的だった。

「こっちにも都合があるんだ。干し肉を作るにも、天候不順で香辛料が手に入りにくくなってさ」

「まったく無いってわけじゃねぇんだろ？」

「値が上がっているんだ。無理に用意したら、足が出ちまう」

「知るかよ。まさか前金だけ貰《もら》ってトンズラする気じゃないだろうな？」

「まさか！　そんな真似したら、地の底まで追いかけてくるだろ」

「当たり前だ！」

どうやら干し肉の仕入れを巡って言い争いをしているらしい。

わたしと香辛料を取り合ったのも、それが原因だったのだろう。

「とにかく、できる限り早く用意するから、もうしばらく待ってくれ。こうなったら多少足が出るのも覚悟するからよ」

「お、おう。最初からそう言やいいんだ」

損害を出すとまで言い出したロニーに、男は少しだけ落ち着きを取り戻す。

「こっちも今から大きく動く予定だからな。さっさと用意しないと、その首切り落とす羽目になるぞ」

「ああ、充分理解してるさ。俺だって命は惜しい」

「長くは待てねぇからな！」

そう言うと男は小路の奥へと歩いていった。

普通なら人通りの多い大通りへ向かうと思うのだが、まるで人目を避けるように角を曲がっていく。

ロニーはその背中を見て大きく息を吐き、こちらに向かってきた。

「ん？　お前……」

「こんにちは。なんか揉《も》めてた？」

「なんでもねぇよ」

ロニーは不機嫌そうにそう答えると、わたしとの会話を切り上げ、そのまま横を通り過ぎて行った。

いかにも『不味《まず》いところを見られた』のをごまかしている感じだ。

「……なんだろ？」

「分かんない。でもあの人は怖かったね」

「そうだねぇ」

エミリーたちはロニーと話していた男の方を怖がっていた。

ロニーのことはエミリーも知っていたので、それほど怖がってはいない。

それにあの男の方が、明らかにロニーよりも無頼漢という雰囲気があった。

わたしも正直、かかわりたくない人種のように感じられたので、それ以上話題にするつもりもない。

それに大通りには、それ以上に魅力的な屋台が軒を連ねていた。

わたしはすぐに彼らのことを忘れ、買い食いの誘惑に抗うことにしたのだった。

「ありがとう。またね！」

「うん、また明日」

「ティスピンちゃんも気を付けて帰ってね」

「分かってる」

エミリーを無事家まで送り届け、わたしも自宅への帰路につく。

周囲を探ってみたが、今のところ周辺に怪しい気配はない。やはりあの占い師の言葉はでたらめだったのかと確信し、わたしは肩の力を抜いた。

自宅に戻ってから宿題を済ませ、夕食の準備をする。

謎《なぞ》の肉をフライパンに並べ、かまどに火をくべようとする。

「ゴエティア、お願い」

「そなた……我に願う最初の言葉がそれか？」

「いいじゃん。料理に火は必要だよ」

「それはそうだが……」

ぶつくさ言いながらも、ゴエティアはかまどの薪に火を灯《とも》す。

彼の生み出す炎は普通の炎よりも火力が強い。無駄に火が通りにくいこの謎の肉にも、なんとか火が通せる。

肉に火が通り始めたところで野菜を投入し、適当に調味料を振りかけて謎肉野菜炒めの完成である。

「うーん、作りすぎちゃったかな？」

大皿いっぱいの肉野菜炒めを見て、わたしは少し首を傾《かし》げた。

ラキとスピカさんはまだ戻ってきていない。わたし一人では、この量は食べきれない。

そもそも、二人が今日中に帰ってくるのかどうかも、分からない。

「帰ってこなかったら、どうしよう？」

「知らぬ」

どう考えても私一人では荷が重い。こうなっては、非常に意に沿わないが、ゴエティアに残飯処理させるのもしかたないか？

「しかたないね。ゴエティア、食べて良し」

「我をまるでペットの犬のように扱うでない」

渋い顔をしつつも拒否しようとはしない。本来精霊の彼は、食事を必要としない。

しかし食べられないわけではない。

なんだかんだ言いつつ拒否せず、わたしと食卓を囲もうとしてくれる彼に、少しばかり感謝する。

小屋に住んでいた頃はずっとラキと一緒に食事をしていたが、この屋敷で一人で食事というのはあまりにも寂《さび》しく感じたからだ。

皿を食堂に運ぼうとしたところで、入り口のドアノッカーが激しく叩かれた。

「おん？」

「来客のようだな」

「そうみたいね。ゴエティアは念のため、姿を消しておいて」

「……承知」

言うが早いか姿が見えなくなる。わたしはそれを確認してから、玄関に向かった。

ノッカーはいまだ、激しく叩かれている。

時間はすでに日が落ちてしばらく経《た》つ。こんな時間に来客など、普通はない。

「はーい、はいはい」

わたしはノックの音に返事をし、覗き窓から外の様子を窺《うかが》う。

ドアの前には見慣れない男性の姿があった。

「どちらさま?」

「夜分、失礼する。私はライオネル、エミリーの父です」

どちらかというとおとなしそうな男性だった。エミリーの名を聞いては無視することもできない。

わたしはドアを開けて、ライオネルさんを迎え入れた。

玄関先に入ってきたライオネルさんは、慌《あわ》てた様子でわたしの肩を摑み、詰問してくる。

「わっ、どうかしました?」

「すまない。こちらにエミリーと妻のナタリーはお邪魔していないでしょうか?」

「来てませんけど……?」

ライオネルさんの言葉に、わたしは嫌な予感を覚えた。

「あの、どうかしたんですか？」

「妻と娘の姿が、見当たらないんだ」

「え、いない？」

「ああ。この時間なら、いつもは食事の支度をしているはずなのに」

憔悴《しょうすい》した様子で頭を抱える。

「ひょっとして、買い物に出かけているだけとか？」

自分でも思ってもいないことを、彼に尋ね返す。それはわたしが安心を得たいためだけの、意味のない質問。

そうと分かっていても、尋ねずにはいられなかった。

「それが……心当たりにはもう……」

すでに訪ねて回った後なのか、力なくそう答えてきた。

そこでわたしは、占い師ディアの言葉を思い出した。彼女はエミリーに迫る危険は海に関係があると言っていなかったか？

そして、エミリーは父親が軍人だとも言っていた。

「ライオネルさんは軍人なんですよね？　エミリーが言っていました」

「ああ、それが？」

「ひょっとして海に関連する、なにかがありませんでしたか？」

わたしの質問に、ライオネルさんは顎《あご》に手を当てて考え込む。

「……なぜ、海と？」

「あの、知り合いの占い師から海に気を付けるようにと聞いていて」

大きく息を呑《の》んだライオネルさんが、わたしの言葉にショックを受け、その場に崩れ落ちた。

「……私は……水軍に勤めているんだ」

「水軍……なにか大きな事件でもあったんです？」

確か、エミリーから主計科長をしていると聞いたことがある。

その役職についているということは、この地方の軍の財布は彼が握っているということだ。

「最近では、海賊討伐のために軍を編成したことがある」

絶望に暮れた声で、彼が答える。ライオネルさんの言葉に、わたしは生まれて初めて、足元が崩れるような感覚を味わった。

「まさか、エミリーは海賊の残党に？」

「その可能性は、少なくない。連中は人身売買にも手を染めていて、見過ごすことはできなかったんだ」

この街に来る途中で乗せてもらった軍船で、水兵が海賊たちは人身売買にも手を出していると言っていたのを、わたしは思い出した。

だとすれば、エミリーも奴隷商に売られてしまう可能性もある。今この瞬間にも、手遅れになってしまうかもしれない。

「なにか……他に手掛かりのようなものはないんですか⁉」

わたしは詰め寄るようにライオネルさんに問い質《ただ》した。こうなっては、問題は彼だけの問題では済まない。

「手掛かりと言っても……そういえば連中は、腕に骸骨の刺青を入れるのがルールだとか？」

「骸骨……？」

ライオネルさんの情報を聞き、わたしは一つの光景を思い出した。

帰り道でロニーと口論していた男の姿。その腕に剣が刺さった骸骨の刺青がなかったか？

ひょっとしたら、彼の取引相手は海賊という可能性もある。

それに、『今から大きく動く』とも言っていなかったか？

あの物騒な男なら、海賊だと言われても納得ができる。

突然考え込んだわたしを見て、ライオネルさんはわたしがショックを受けたと考えたらしい。

その考え自体は間違いではない。初めてできた友達の命が危うい。その事実に目の前が真っ暗になっていたのだから。

「すまない。君にこんなことを知らせても、困るだけだよね。大丈夫、エミリーは私がちゃんと助け出すから」

そう慰めてくるライオネルさんの言葉にも、力がない。

彼も途方に暮れているというのに、目の前のわたしを心配して慰めてくれたのだ。

「邪魔をしたね。君も戸締まりはしっかりしておくんだぞ」

「あ、はい」

「それじゃ、また」

言うが早いか彼は玄関から飛び出していく。どこに向かうか分からないが……それはわたしも同じだった。

「どうしよう……」

ぽつりと呟《つぶや》いたわたしのそばに、不意にゴエティアが姿を現した。

どうやら、ライオネルさんに配慮して姿を消していてくれたらしい。

「そなたが救出に向かうのではないのか？」

「それができれば、どれだけ気が楽か」

エミリーとお母さんがどこに攫《さら》われたのか、わたしも知らない。

だからどうすればいいのか分からず、混乱していた。

「ならば助言に従ってみるのはどうだ？」

「助言？」

「怪しい占い師が言っていただろう？　確か『悪縁を頼れ』だったか」

「悪縁……」

私の周囲に出た不審人物ということで、占い師のディアの一件に関しては護衛のゴエティアに知らせてある。その時のことを、ゴエティアは言っていた。

人の世に出てきて間もないわたしに、悪縁と呼べる存在は少ない。

真っ先に思い浮かぶのは、もちろん目の前のゴエティアだ。

「ゴエティアはなにか心当たりある？」

「あるわけなかろう⁉」

当然の答えが返ってきた。しかしその無駄に激昂《げきこう》した様子に、わたしも少し冷静さを取り戻せていた。

「となると、他の悪縁と言える存在は……やっぱりロニーだよね」

この町に出てきて、コロン先生やコーディでは、悪縁とは言えない。

しかしわたしと言い争いをしたロニーなら、悪縁と言えなくもない。

海賊と口論している場面に居合わせたのも、占い師のディアの言葉と合う。

そう判断すると屋敷を飛び出そうとして、気付く。荒事に巻き込まれそうなのに、武器の一つも持っていかないのは不用心極まりない。

ましてやロニーは、海賊と密会していた。ひょっとすると、仲間なのかもしれない。

身を守るために、武器は持っていった方がいいだろう。

かといって山刀はすでに無く、代わりもまだ貰っていない。

わたしは武器がいると判断すると、厨房に飛び込んでいった。

ここならば、刃物も鈍器もより取り見取りだからだ。

わたしは包丁を手に取ろうとして、ふと思い直す。刃が薄く短い包丁では、荒事になれば心許ない。

むしろここは――

「こっちの方がいいか」

「フライパン?」

「怪しまれずに持ち歩けて、耐久性も高い。殺傷力はまぁ、考えないとして」

「怪しまれず……?　いや、それはともかく、見栄えはせんな」

「そこは考えないようにして」

不満そうなゴエティアを置いて、わたしは屋敷を飛び出す。

そもそも山刀を壊したのはゴエティアだろうに。

ともあれ、今はロニーに話を聞くのが先決だ。彼は海賊と取引しているみたいなので、居場所も知っているかもしれない。

ロニーは跳ね馬という宿に泊まっていると言っていた。その宿は一階は食堂で、二階が宿泊施設というオーソドックスな造りだった。

店に入ると子供一人のわたしに胡乱《うろん》げな視線が送られてくる。

しかし、今のわたしはそんな視線に頓着している余裕はない。

「お嬢ちゃん、お一人？」

客かどうか分からない状況で、給仕の女性がわたしに尋ねてくる。

この質問は人探しをしているわたしにとって都合がいいので、素直にロニーを探していることを告げた。

「えっと、ロニーって人を探しているんです」

「ロニーさん？ 彼なら自分の部屋で飲んでるわよ」

「話があるんです、通してくださいますか？」

「え？ ええ……」

混乱しつつも、わたしのような子供がトラブルを起こすとは考えなかったのか、おとなしく彼の部屋に案内してくれた。

宿の個室と言っても豪華なものではなく、ベッドと小さなテーブルセットが置いてあるだけの部屋だった。

中に案内されたわたしを見て、ロニーは驚いたように目を見開いた。

「ん？ ティスピン……だったよな。どうした、こんな時間に？」

「こんばんわ、ロニーさん。お聞きしたいことがあって来たんです」

わたしたちが特に険悪な関係ではないと察して、給仕の女性は安心したように一礼して部屋を出ていった。

「魔石を売ってくれる気になったのか？」

「違う。今日は別の用」

神妙な様子に、ロニーも何事かあったと察したらしい。

わたしと入れ替わって廊下に顔を出し、周辺に人がいないことを確認する。

その間わたしはロニーの部屋を眺めていたが、別に珍しいこともない普通の宿の部屋だった。

ベッドとテーブル、窓が一つ。窓際のチェストの上に鳩が入った鳥かごが置かれていることが、少し珍しいくらいか？

「鳩、飼ってるんだ？」

ロニーが周辺を調べている間、することが無くなったわたしは、手持ち無沙汰にそんなことを尋ねてみる。

その内容には、あまり意味はない。むしろさっさと本題に入りたくて仕方がなかった。

そんなわたしの焦《あせ》りを察したのか、ロニーは質問に答えながら扉を閉める。

「ん？　ああ。一人旅は寂しいからな。話し相手にゃならんが、気を紛《まぎ》らわすくらいには」

周囲に他者の目がないことを確認したロニーは、テーブルの席に着き、肘《ひじ》をついて声を潜めるようにわたしに尋ねてきた。

「で……なにかあったのか？」

「うん。エミリーちゃんが行方《ゆくえ》不明」

「エミリーってぇと、一緒にいた？」

「多分海賊に攫われた」

「マジかよ」

啞然《あぜん》とした様子で額《ひたい》に手をやるロニー。まさか海賊と思《おぼ》しき男が、その日のうちに動くとは思っていなかったようだ。

「それで、海賊たちの根城《ねじろ》に心当たりはないかなって」

「聞いてどうすんだよ？」

「エミリーちゃんは騎士団の幹部の娘だから」

「おいおい……って、待てよ？　うまくいきゃ、騎士団が残党を始末してくれるな」

ロニーは今度はテーブルに肘をついて、悪い笑みを浮かべている。

彼からすれば、今海賊が殲滅《せんめつ》された場合、前金を容赦《ようしゃ》なく懐《ふところ》に入れることができる。滞っている納品も、せずに済むので、良い事尽くめだと気付いたのだろう。

「ロニーは海賊と取引してるんだよね？」

「あー、お前にゃ見られていたんだったか。まぁ、そうだよ。海賊だって気付いたのは、前金を貰った後だったんだけどよ」

どうやらロニーは、相手が海賊とは知らずに大口の取引を契約し、そこに香辛料不足で納品に困る事態になっていたらしい。

昼間の話を思い出すと、このままでは赤字の取引になりそうなところで、私がやってきたという感じだ。

「そりゃあ、品を納品するために場所くらいは聞き出しているさ」

「お願い、教えて！　お礼ならなんでもするから」

「ガキンチョになんでもすると言われてもなぁ。そういやお前、魔石を持っていたな？」

「スワンプトードの？　あれでよければいくらでも」

そう言って今の手持ちの魔石を十個、彼のテーブルに載せる。

「バッカ、お前！　そういうモンを気安く見せびらかすんじゃない！」

身を投げ出すようにして、テーブルの上の魔石に覆いかぶさるロニー。

そして窓を振り返り、外の様子を窺った。

「見張られてるの？」

「そうされてもおかしくない状況なんだよ、俺は」

彼は多少なりとも金を受け取っており、そして品はまったく納品できていない。

このまま前金を持ち逃げされやしないかと、海賊が勘繰ってもおかしくはない。

それを自覚しているからこそ、こうして自室で食事をしているのだろう。

「時間が惜しいから話を進めるけど、報酬はそれでいい？」

「ああ、上等だ。つっても商人に荒事は期待するなよ？」

「海賊の場所が分かれば、あとは自分でなんとかするよ」

「お前が？　いや確かに腕は立つけど……まぁ、それでいいなら別にいいんだけどよ」

そう言うとテーブルから皿を端に除けて、酒杯に指先を浸けてテーブルに図を描き出す。

わたしにはあまり見覚えは無いが、その一点を指さしてロニーが解説を始める。

「いいか？　ここが俺たちが今いるグレンデルの町だとする」

「ああ、うん」

乾いた木のテーブルはわずかな水分を吸い込んで、色を変える。おかげで地図が非常に見やすい。

その横に丸く囲みを描き、そこから一本の線を伸ばす。

「この町の東にちょっと大きめの森があるだろ？　そこに水源があって、それが川になって海まで続いている」

「うんうん？」

「ここには大昔に廃棄された砦《とりで》があってな。川はその砦のそばを通っているんだ」

軍事施設に水は必須だ。大量の人間を囲い込むため、飲用水や生活用水も大量に必要になるから、らしい。

「この砦は三百年前の辺境大陸遠征時に後方基地として作られたらしいんだが、旧フロン王国が崩壊してからは廃棄されちまってる。そこに海賊の残党が棲みついた」

「どうして、そんなところに？」

「川は海まで繋《つな》がってる。海上船は無理だけど、小型の船なら川を遡れるはずだ」

ふと、わたしはスピカさんが用意した小船のことを思い出した。

ボートと言っていいほど小さな船だったが、あれなら川底にぶつかることなく川を遡れるだろう。

スピカさんは沖合に流れていた船を拾ってきたと言っていたし、ひょっとしたら海賊が使用後に放棄した船を偶然拾ってきたのかもしれない。

ロニーは森のそばの一点を指さして言った。

「俺が指定された場所はここ。森のそばだから、砦に陣取っているのは確実だと思う。さほど大きな砦じゃないし、廃棄された時期が大昔だから、存在を知っているやつもあまりいない」

「なんでロニーは知ってるの？」

「まぁ……旅商人なんざ、いざという時に逃げ込む場所とかも知っておかないとな」

そういう彼は視線をわたしから外し、宙を泳がせる。きっと後ろ暗い理由があるに違いない。

しかし今はそれを追及する必要はない。むしろこの情報は、本当にありがたかった。

「じゃあ、早く騎士団に知らせなきゃ！」

「落ち着けって。子供が知らせても信頼されねぇかもしれないだろ。俺が一筆書いておくから、それを宿の女給に届けてもらおう」

「いいの？」

「怪しい取り引きをしたのは確かだからな。でもいいのか？」

「なにが？」

ここにきて、わたしの中でロニーの株は急上昇である。

彼がなにかを案じているのなら、それはきちんと聞く価値があると考えていた。

「もし騎士団がこの森に入るとすると、海賊どもも警戒するに違いない」

「それはそだね」

「なら、騎士団への切り札として、人質を使うかもしれないだろ？」

「あっ!?」

確かに騎士団が攻めてくれば、連中なら人質を使うだろう。そして人質は……一人でも価値がある。

二人いるとなれば、見せしめに片方を殺すとかするかもしれない。

「た、大変だ！　知らせるのはやめなきゃ」

「いや、それはダメだろ。また逃げられたらどうすんだ」

「うっ、確かに……」

また海賊が逃げ出してしまえば、同じことが起きるかもしれない。

やるなら確実に、一人も残さず捕らえる必要がある。

しかしわたしやラキは、あくまで個人としての戦力しかない。

ドラゴンになってブレスで吹き飛ばしたり、滅竜撃咆《カルバリン》で吹っ飛ばすことはできるが、そうなるとどこに囚《とら》われているか分からないエミリーが危ない。

騎士団に制圧は必要だけど、その前にエミリーたちの安全を確保しなければならない。そういう状況に気付かされた。

「ロニーって、意外とよく考えてるね」

「意外ってなんだよ」

「砦にも一緒に来てくれない？」

「はぁっ⁉」

考えてみれば、わたしは土地勘がない。騎士団に先駆けてエミリーたちを救いに行くとしても、見知らぬ森の中では方向を見失ってしまうかもしれない。

かといって、あまり暢気《のんき》にもしていられない。

殺さず攫ったのは海賊に目論見《もくろみ》があるからだろうが、二人という点が不安を誘う。人質は一人でいいのだ。

「エミリーを騎士団よりも先に救い出さなきゃ」

「無茶言うなよ。俺とお前だけでか？」

「もちろん。あ、ラキとスピカさんも呼んできてもらうけど」

「誰だよ？」

「わたしの保護者。多分この世界で誰も敵《かな》わないくらい強い」

「ウソこけ」

嘘《うそ》ではないのだが、真実を言っても信じてもらえないと思う。

とにかく、道に迷う危険性がある以上、ロニーにはついてきてもらいたかった。

「援軍は来るから、安全だよ。わたしが保証するし」

「ホントかよ？」

ゴエティアならば、精霊を介して伝言を頼むことができる。実際わたしも、その手で呼び出された。

ラキとスピカさんは精霊に嫌われるドラゴンだが、伝言程度ならどうにかなるはず……と思いたい。

「わたし一人だと、森で迷っちゃうかもしれないじゃない。お願い！」

ロニーの手を握り、上目遣《うわめづか》いになって見つめる。潤んだ瞳《ひとみ》は破壊力抜群のはずだ。

少なくとも、ラキに効かなかったことはない。

ロニーはそこまで効果がなかったのか、しばし逡巡したようだが、やがて根負けしたようにする。


頷《うなず》いた。

「わぁった。わぁったって！　その代わり危ないことは無しだぞ」

「やった、ありがと！」

手を放し、ぴょんと飛び上がってから、ロニーの手を引っ張って部屋から引っ張り出そうとする。

「早く行こう！　時間がもったいない」

「待てよ、それに手紙をまだ書いてないだろ！」

ロニーは墨壷を取り出し、投書文を書き上げて部屋を出て、一階で仕事をしていた給仕の女性に手渡す。

その際に銀貨を渡していたのも見逃さない。ああして報酬を渡しておくと、確実に届けてくれるということだろう。実に勉強になる。

「ほら、早く！」

手紙を渡したのを見届けて、わたしは待ちきれないとばかりに宿の外に飛び出した。

騒々しいわたしの様子に、店内の視線が一気に集中する。

何事かという訝《いぶか》しげな視線ばかりだが、今はそれどころではない。

「ああ、分かったって。姉ちゃん、ごちそうさん！」

振り回されていたロニーは、そこでわたしの様子の違いに気付いたようだった。

「それよりお前、武器はどうした？　あの山刀は？」

「あ、壊れちゃった」

「まじかよ。あれも高く売れそうだったのに……それはともかく、なぜフライパン？」

「とりあえず武器はこれでいいかなって」

「それが武器かよ」

「鈍器として使えなくはないよ。盾《たて》にもなるし」

ゴエティアの言葉をそのまま繰り返し、ロニーに告げる。

ロニーはなにか言いたそうにしていたが、それ以上の追及はせず、町の門へ足を向けた。

「じゃあ、さっさと済ませちまおうぜ。酔いが醒めちまう」

ロニーの言葉にわたしも小さく頷く。そのわたしたちの隣を、相当な勢いで騎馬が駆け抜けていった。

服装からして、間違いなく軍人。それも頑強そうな体つきからして、騎士で間違いないだろう。

投書はまだ届いていないだろうから、ライオネルさんが別口の情報を摑んだのかもしれない。

騎士の切羽詰まった様子から、おそらくは緊急招集を受けたのだろう。

「あまり時間はなさそうだな」

「そうみたい」

あちこちから騎士たちが騎士団の詰め所に向かっていくのを見て、わたしとロニーはそう確信したのだった。

◇◆◇◆◇

自宅に戻ったエミリーは、ホッと一息ついて母と談笑していた。

奇妙な占い師の預言に、怪しい男と取引する商人。そんな現場を見て不安に思わない方がおかしい。

母であるナタリーは、そんな彼女の不安を思い過ごしと断じ、娘を落ち着かせるために温かいミルクを用意してやっていた。

そんな時だ。不意に玄関が蹴《け》り開けられ、数人の男が乱入してきたのは。

玄関の鍵《かぎ》はかけていたはずなのに、なぜかこじ開けられていた。そういう技能を持つ者が、仲間にいたのだろう。

そして抵抗する暇もなくナタリーは取り押さえられ、手足をロープで縛り上げられる。

それは娘のエミリーも同様であり、さらに猿轡《さるぐつわ》まで嵌《は》められて、声が出せなくなっていた。

トドメは頭から袋をかぶせられ、視界を奪われてしまう。

抵抗しようと身体をくねらせると、容赦なく蹴りが叩き込まれ、ナタリーは苦痛に身動きすら取れなくなってしまっていた。

町の門番は彼女たちの存在に気付くことなく、彼らを素通りさせてしまった。

そうして、されるがままの状態で町から運び出され、やってきたのが森の中の建物だった。

男たちはニヤニヤとしたいやらしい視線を投げかけながら、しかし余計な口を利《き》くことすらせず、彼女たちを地下の一室へ叩き込む。

狭く、息苦しさを感じるほど澱んだ空気。部屋の隅には桶が一つだけ置いてあり、寝台すら用意されていない。

「まったく、お前の旦那が余計なことをしなけりゃ、こんなことにならなかったのによ」

吐き捨てるように唾《つば》を吐き、ナタリーの方へ歩み寄る男たち。

その目は好色そうな色に染まり、本能的に身の危険を察する。

「こ、こないで！」

「いいぜ、その代わりナタリーっちのガキに相手してもらおうかな？」

「そんな⁉」

男の言葉にナタリーの目が絶望に染まる。

対して娘のエミリーは男の言葉の意味が理解できず、ただひたすら恐怖で身を竦《すく》ませていた。

娘を守るために覚悟を決め、うなだれて小さく頷くナタリー。

その意図を正確に汲み取り、男はナタリーの胸元《むなもと》に手を伸ばそうとする。

しかしその時、涼やかな声が割り込んできた。

「上司に呼ばれていたのではないですか？」

「なに？」

男も、ナタリーも、つられて声の主に視線を向ける。

すると部屋の隅には、いつの間にかもう一人の女性が現れていた。

深くフードをかぶってはいたが、一目で美女と分かる美しい髪が流れていた。

ゆったりとした衣服を押し上げる胸を見るに、スタイルの良さもはっきりと分かる。

それほどの美女が室内にいたのに、なぜ見落としてしまったのか不思議に思う。

だが彼らは、その疑問が一瞬で霧散してしまった。

ナタリーにすら欲情していたというのに、その興奮は一気に冷めてしまっていた。

同時に、彼女の言葉が脳裏に深く刻まれていく。

「占い師の……お姉ちゃん？」

彼女を見知っていたエミリーが、声を漏《も》らす。その声を塗り潰《つぶ》すかのように占い師――ディアが再び声を上げた。

「上司に呼ばれていたのでは、ないですか？」

ディアの言葉に、なぜか男たちは疑問を持たなかったらしい。

「チッ、そういやそうだった。運がいいな！」

「こんな獲物を目の前にしてお預けかよ」

「面倒はさっさと済ませて、早く楽しもうぜ」

口々に文句を垂れ流して部屋から出ていく。

荒々しく扉を閉めて、外から鍵をかける音が響いた。

いったいなにが起こったのか、ぽかんと口を開けるナタリー。

しかしこの窮地に現れた顔見知りに、エミリーはパッと顔をほころばせた。

「占い師のお姉ちゃんも捕まったの？」

「捕まった……？　いえ、私はあなたたちを守ろうかと」

そう言いつつディアは不意に袖口に手を突っ込むと、飴玉《あめだま》を一つ取り出し、エミリーに差し出す。

しかしエミリーたちは縛られていたため、それを受け取ることはできなかった。

「守る？　もごっ」

身動き取れないエミリーの口に飴玉を詰め込んだ後、ディアはパチンと指を鳴らす。

それだけでロープは自分から解けたかのように床に落ちた。

「えっ？　ええ？」

「あ、あなたはいったい……？」

男たちが彼女の言葉に従ったことや、ロープが勝手に解けたことなど、なにが起きているのかまったく理解できないナタリーが、エミリーを抱きしめながらそう問いかける。

しかしディアはその問いに答えず、その場に再び座り込んだ。

「お腹《なか》が空いていると気分が荒れますから。助けはすぐに来ますので、落ち着いて待っていましょう」

「た、助けって……？」

「その時になれば、分かります」

彼女はそう断じると、それ以上話さないとばかりに、飴玉を自分の口にも投げ込んだ。

それも五粒ほどまとめて。

リスの頬袋《ほおぶくろ》のように頬をコミカルに膨らませながら、ぼりぼりと飴を噛《か》み砕く。

その姿は先ほどまでの神秘的な雰囲気は欠片《かけら》も残っていなかった。

「ディアさん。そこ、そんなに飴玉入ってるの？」

「作ったんです」

「作った？　ディアさん、お菓子作れるの？」

「まぁ、そういうことができるんですよ」

微妙に噛み合わない会話をして、エミリーは母と目を見合わせる。

ともあれ現状では彼女の言う通り、自力での脱出は不可能だろう。

そう考えた彼女たちは、ディアの言う通り居住まいを正し、一心不乱に飴玉を舐《な》めることに意識を集中させた。

そうでもしないと、泣き叫んでしまいそうな気分だったからだ。

それが男たちを刺激した場合、どうなるかまったく予想がつかない。

ここは彼女の言う通り、おとなしく助けを待つしかないと、思い知ったのである。

第六章 ✦ 海賊退治と竜の少女

Wizard of Dragon's Roar

　森の中というと、歩くのも苦労する藪《やぶ》を漕いで進むのかと思っていたのだけど、意外と歩きやすい道があった。

　所々に石が敷かれている場所もあり、人の手が入った痕跡が残されていた。

「意外とちゃんと道になってる?」

「そりゃあ、三百年経《た》ったとはいえ軍事基地に向かう街道だったからな」

「軍事基地……なるほど」

　ただの街道と違い軍事利用されるための道となると、頑強に作る必要がある。

　雨で泥濘《でいねい》ができて馬車が進めなくなるなど、あってはならないことだからだ。

　しっかりと石を敷き、水捌《みずは》けを考え、重量のある馬車や荷車にも耐えられる。そんな道でないと軍事用の街道になりえない。

　おかげで道に迷うことなく砦《とりで》に辿《たど》り着き、森の中にポツンと灯《とも》る松明の光を見つけることができた。

「明かり……人がいる?」

「いるな。当然見張りくらいは置いているか」

「思ったより大きな砦だね」

森の中に現れたのは、高さこそあまりないが、かなりの広さを持っていそうな砦だった。

巨大な塀に囲まれ、中庭の奥に砦本体が見える。

「もともとは辺境大陸への後方基地として使う予定だった場所らしいからな。高さよりも物を貯蔵できる広さに重点を置いたんだろう」

「見張りは二人。広さからして、奥の建物に声が届くとは思えないけど？」

「敵襲があれば鐘でも鳴らすんじゃゃねぇ？」

「なるほど。元々は軍事基地だもんね」

正面の巨大な門の横に人が出入りするための小さな門があり、その前に二人の見張りが立っていた。

見張りは粗末《そまつ》なシャツを身に纏《まと》い、腰には曲刀を佩《は》いている。

普通の兵士なら、ここは槍《やり》か長柄《ながえ》武器を持っているはずだ。

「確かに海賊っぽい格好」

「間違いなさそうだな。どうやって忍び込むつもりだ？」

「まずは援軍を呼ぶ」

「援軍？　軍隊を呼ぶのか？」

「ううん。ゴエティア」

わたしが呼ぶと、赤い蓬髪《ほうはつ》の美丈夫《びじょうぶ》が突然背後に現れた。

「うおっ⁉」

「大きな声出さないで。見つかっちゃうじゃない」

「こいつ、いったいどこから出てきたんだ？」

「それはいいから。ゴエティア、ラキとスピカさんにこの場所を教えてきて」

「分かった」

言うが早いか、その姿が幻だったかのように掻《か》き消える。

その様子に口をパクパクと開閉させるロニー。わたしは彼がするであろう質問を先回りして答える。

「ゴエティアはわたしの護衛」

「あいつに手伝ってもらった方がよかったんじゃねぇ？」

「大丈夫、わたしの方が強いから」

「ちょっと、なに言ってるのか分からない」

頭を抱えるロニーだが、まぁ、普通は子供のわたしの方が強いとか思わないか。

そろそろと見張りまで近付いたところで、わたしは再び足を止める。

「わたしが奇襲を仕掛けるから、ロニーはあいつらの注意を引いてくれる？」

「呼び捨てかよ。ってか、俺《おれ》が囮《おとり》かよ！」

「頑張って」

そう言うとわたしは横の茂みの中に飛び込んでいく。カサリとも音を立てない体捌《たいさば》きは辺境で鍛え上げた賜物だ。

「マジかよ……」

背後のロニーはぼやき声を漏《も》らすと、覚悟を決めたのか声を張り上げた。

「おおーい、そこの！　ちょっと助けてくれ！」

「な、なにもんだ⁉」

突然森の中から声をかけられ、見張りの男たちは腰が引けたような返事をする。

気の弱い連中なら、それだけで敵襲の合図の鐘を鳴らしたかもしれない。

半端《はんぱ》に度胸のある海賊なのが、功を奏した。

「旅商人のロニーだよ。注文の品を運んできたんだが、足をやっちまった、少し助けてくれ」

「ロニー？　ああ、あの商人か！」

名前を出したことで安心したのか、見張りの二人はひょこひょことロニーの元に歩いていく。

せめて一人は残っておこうよ、とツッコミを入れたくなるが、この状況はわたしにとってありがたい。

海賊たちも周囲を警戒してはいるが、やはり目の配り方が森の中のものと違う。

致命的に頭上と足元への注意が足りていなかった。

わたしは藪の中から木の上へ移動し、頭上から海賊に襲い掛かる。

「そぉい！」

落下の勢いと、重力異常で鍛え上げられた身体能力をもってすれば、フライパンでも充分凶器となり得る。

ゴンと鈍い音を立てて一人の頭を殴り飛ばし、無力化する。

「な、なんだお前⁉」

不意の襲撃に慌《あわ》てて曲刀を引き抜こうとする、もう一人の海賊。

わたしは横に回転しながら間合いを詰め、その勢いを利用して、攻撃を仕掛ける。フライパンを遠心力のままに振り回し、横っ面《つら》に叩《たた》きつける。

「ふげっ‼」

カーンという明るい音と間抜けな悲鳴が上がるが、その結果は意外とえげつない。

海賊の歯は数本砕け、宙を舞うくらいのダメージを受けていた。

「お前、えげつねぇな」

「半端に意識があるよりマシでしょ」

とはいえ、一人は起こして情報を聞き出したいので、服を脱がしてロープ代わりにし、手足を拘束してから起こすことにする。

「ロニーは生活魔術使える?」

「当然。旅の必需品だろ」

わたしの意を酌《く》んだのか、ロニーが魔術を起動させた。

生活魔術の慈悲深き水精の加護《クリエイトウオーター》はコップ一杯分の水を作り出す魔術だ。

「慈悲深き水精の加護《クリエイトウオーター》」

精霊の力を借りず、自身の魔力だけで行う魔術なので効率は非常に悪い。

生活魔術の術式は改変ができず、水量を増やしたりもできない。本当に喉《のど》を潤すためだけの魔術だ。

しかしこの量でも、顔面にぶっかけられたらびっくりする。気絶した相手を起こす役には立っていた。

「ふがっ、な、なん――」

「静かにしろ、大声を出したら殺すぞ」

ロニーが低い声で海賊を脅す。彼が話すのはわたしがやるより迫力が出るからだ。役割分担というやつである。

「お前ら、こんな真似《まね》してただで済むと思ってんのか?」

「余計なことは言うなと言ったぞ」

ロニーは海賊から取り上げた曲刀で喉を軽くなぞり、威嚇《いかく》する。

なぜか、こういった行為に非常に慣れているように感じられた。

その迫力に圧《お》されたのか、海賊は口をつぐむ。

決して、背後でフライパンをポンポンと叩いてるわたしに怯《おび》えたわけではないはずだ。

「砦の中に何人残っている？　それと攫《さら》った子供と女はどこだ？」

「そんなこと言うとでも――　ヒィッ!?」

悪態を吐《つ》こうとした海賊の肩に、フライパンの縁をそっと乗せてやる。それだけで、海賊は引き攣《つ》ったような悲鳴を上げた。

「とっとと話した方がいいぞ。身をもって知ったと思うが、そのガキは俺より容赦《ようしゃ》がない」

「失礼な」

ロニーの言葉に反射的に答えてしまい、しかも苛立《いらだ》ちからフライパンがゴリッと肩にめり込んでしまった。その感触に、海賊は目に見えて震え出す。

「わ、分かった。話す、話すからこれ以上の拷問《ごうもん》はやめてくれ」

「重ね重ね、失礼な」

土下座のような姿勢を取って哀願し始めた海賊に、わたしは不本意な気分になってしまう。

そもそも、拷問なんて始めてもいない。あくまで『尋問』である。

しかし今はそれどころではない。

海賊の言葉では、エミリーとお母さんは地下室に入れられているらしい。

その後は知る限りの情報をこちらに流してくれたので、わたしは慈悲をもって一撃で気絶させた。

「やっぱり容赦ねぇじゃねぇか」

「起こしておくわけにはいかないでしょ」

「そりゃそうだけどよ」

「それより早くエミリーちゃんを助けに行くよ」

「へいへい」

門番がいなくなった扉は現在通り抜け放題だ。

異変に気付かれるよりも早く侵入し、騎士団が到達するよりも先にエミリーたちを救出する必要があった。

幸い中庭で宴会をやっているとかそういうことも無く、わたしたちは砦に忍び込むことができた。

考えてみればいくら砦とはいえ、ここは森の中である。羽虫や毒蛇など、危険な動物も多い。変に屋外で宴会などすれば、それだけで死者が出かねない。

前もって聞き出していた通り階段を見つけ、地下に下りると、扉の一つの前で見張りが二人陣取っていた。

「あれ、かな？」

「たぶんな」

情報では、海賊の数は二十人足らず。決して多い人数ではない。

そんな人数で門番に二人も使っているのに、地下でも人員を割くのはつらいはずだ。

それでも配置しないといけないということは、見張らねばならない『なにか』があるということである。

「どうやって倒す？　さすがに砦の中で俺が囮とか無理だぞ」

「そうだねぇ……」

見張りがいるのは、廊下の先で、十メートルほどの距離がある。

敵が一人なら一気に間合いを詰めて、倒してしまえるのだけど、あいにく見張りは二人いた。

「ロニーはちょっとここにいてね」

「どうするんだ？」

「こうする」

ロニーに説明するより先に、彼にフライパンを押し付けてから、わたしは廊下に進み出た。

もちろん見張りからは丸見えである。

「――きゃっ」

ついでにわざとらしい悲鳴を上げて、見張りの注意も引いてみた。

見張りたちは一瞬警戒のために腰の曲刀に手をやり、そこにいたのがわたしのような子供と知って警戒を解いた。

「なんだ、このガキ？」

「どっから迷い込んできたんだ？」

「ひょっとしたら、新しく攫ってきたガキかもしれねぇぞ」

首を捻《ひね》りながらも見張りが一人、こちらに近付いてきた。

わたしはその場で立ち尽くしたように震えてみせ、男には肩を掴《つか》まれた。

「どっから入ってきた、ガキ？」

「あの……あっ、おじさん助けて！」

「うぇっ⁉」

「誰だ、てめぇ！」

突然わたしに助けを求められ、ロニーが奇声を上げてしまう。

それに気付いた見張りがロニーの元に駆け寄っていく。

もう一人の見張りも、ロニーに視線が釘付《くぎづ》けだった。

この隙《すき》をついて、わたしは一気に扉の見張りに間合いを詰める。

真正面に駆け込んできたわたしを見て、見張りは完全に固まってしまっていた。

背後にいるロニーを追うか、わたしを警戒するかで悩んでしまったのだろう。

そんな見張りの股間めがけて、わたしは勢いよく足を振り上げた。

グシャッと嫌な感触が伝わってきて、見張りは引き攣ったような声を上げて倒れ込む。

即座に背後に取って返し、ロニーを追おうとした見張りの後頭部に飛び蹴《げ》りを叩き込んだ。

この一連の流れは、ラキがグレンデルに向かう馬車で見せたものだ。

尻《しり》もちをついて四つん這《ば》いで逃げようとしてたロニーは、わたしを涙目で見上げてくる。

「おっ、おまっ、おまえなぁっ!?」

「ごめんごめん。でも楽に倒せたでしょ？　それに時間もないし」

十メートルの距離を往復して見張りを倒すという離れ業を行うとは、ロニーも考えていなかったらしい。

「それより、そっちの人を連れてきて。代わりに部屋に放り込んでおくから」

「あ、ああ」

ロニーに指示を出してから、わたしは扉に取り付いた。

言うまでもなく鍵《かぎ》がかかっていたので、見張りの懐《ふところ》を漁《あさ》る。

一つだけ鍵が入っていたので、わたしはそれで扉の鍵を開けた。

中は狭苦しい小部屋で、そこに女性が三人、閉じ込められていた。

「エミリーちゃん！」

「ティスピンちゃん!?　どうして」

「よかった、無事だった……」

そのうちの一人がエミリーであることを確認し、わたしは膝《ひざ》からその場に崩れ落ちた。

安心したからなのか、膝が笑っているような感触がある。

「助けに来たよ。早く逃げよ」

「とっても助けに来た風に見えないんだけど」

へたり込んだわたしを見て、エミリーちゃんは無邪気にそんなことを言ってくる。

立ち上がるのを手助けしようと近付いてきた彼女に抱き着き、わたしは全身でその無事を確認した。

「よかったよ、無事で本当に良かったよぉ」

「うん。わたしも怖かった。う、うわあああぁぁぁぁぁん！」

大声を出せば海賊に気付かれるかもしれない。

それを知っていても、わたしは泣き声を我慢することができなかった。


どれくらいエミリーと抱き合っていたかは分からないが、そう長くはない時間だと思う。

だというのに急かすような咳払《せきばら》いが起こり、わたしの注意は背後に向けられることとなった。

そこには見張りの二人をどうにか引き摺ってきたロニーの姿がある。

「感動の再会のところ悪いけどな。ちょっとばかし手伝ってくれ」

「あ、ごめん」

ロニーの言うことはもっともだ。見張りを放り出したままにしておけば、すぐさまわたしたちの存在がバレてしまう。

見張りをこの小部屋に隠しておけば、多少はごまかせるはずだ。まずはロニーを手伝って見張りを小部屋に連れ込む。

そして外にいた門番同様、服を脱がせてロープ代わりにし、手足を拘束した。

一息吐いたところで、わたしは先ほどから疑問に思っていたことを口にする。

「それで……なんでここにいるの？」

「彼女たちを守ろうかと待機していました」

「ホントに？」

「……………………」

わたしのツッコミに視線を逸《そ》らせてごまかそうとしているのは、謎《なぞ》の占い師のディアだ。

「むぅ、聞きたいことは山ほどあるけど、今はそれどころじゃないし……」

なぜこの状況を予言できたのか？　なぜ、この場にいるのか？

聞きたいことは山のようにあるが、ここは敵地の真っただ中である。

「とにかく、今はここから出るのが先だね。ついてきて」

「それは分かったけど……ティスピンちゃん、ラキさんは？」

そう尋ねてきたのは、エミリーちゃんの母親のナタリーさんだ。

考えてみれば、こんな場所に子供が一人、ロニーもいるので二人で忍び込んできたとは、普通は思わないか。

「ラキとスピカさんは後から来ます。ライオネルさんも、きっと軍を率いて来てくれるはず」

「じゃあ、二人だけで乗り込んできたの？　なんて危ない……」

普通なら自分と娘のことで精いっぱいだろうに、わたしの心配までしてくれるとは、情の深い人だ。

少し感心してしまうが、このままではなし崩しにお説教されてしまう。

「ごめんなさい、今は急いでいるので、その話は後で」

「あっ、そうね。ごめんなさい」

「いえ、心配してくれて、ありがとうございます」

わたしを心配しての発言であることは理解しているので、気分は悪くならない。

「見張りと外の門番はすでに倒していますから、ここからなら派手な音を立てなければ見つからないと思う」

「そうもいかないようだぞ、ティスピン」

またしても別の声が割り込んでくる。ロニーとは違う低く渋い声。

これは最近聞き慣れた声だった。

「ゴエティア！　もう帰って来たの？」

「部下に連絡をつければいいだけの話だからな」

「ラキとスピカさんは？」

「急いでこちらに戻ってきている。辿り着いたら大惨事になりそうな血相でな」

「それは危ない。すぐ逃げよう」

ラキの正体を知ってからは、彼の怒りの恐ろしさがより理解できるようになった。

エミリーになにかあればわたしが悲しむ。それを知っているから、ラキは全力でこの海賊の残党を殲滅《せんめつ》するだろう。

問題はそこにわたしたちがいたら、巻き込まれかねないということである。

「問題はそれだけではなくてな」

「まだなにかあるの？」

「ああ。ここの連中、バイコーンを大量に飼い慣らしているようだ」

「ハ？　バイコーン？」

「二十はいたな」

「マジですか……」

本来魔獣というのは、人間に従うような気性をしていない。

そもそも、弱い生物は餌《えさ》と見做《みな》すような連中なので、共生などできはしない。

「いったいどうやって？」

「分からん。が、首に奇妙な輪を取り付けられていた。人間どもは魔術を小賢しく使いこなすから、なんらかの方法を見つけたやもしれんな」

ひょっとしたら、その輪がバイコーンを服従させている道具なのかもしれない。

同時に、ゴエティアの報告でグレンデルの町に来る途中で遭遇したバイコーンに違和感を覚えることとなった。

本来なら生息していない地域に突然湧《わ》いて出たバイコーン。ひょっとするとあれは、海賊の元から逃げ出してきた個体だったのかもしれない。

「だとすると、騎士団も危ないかも？」

バイコーンの突進力は非常に高い。正面からぶつかったら、騎士団とて甚大《じんだい》な被害を被《こうむ》りかねなかった。

「そんな、おとーさんが危ないの⁉」

「大丈夫だよ。ライオネルさんは主計科長でしょ。前線には出てこないよ」

「おとーさん、来ないの？」

「うぅ、いったいどう答えろと……」

エミリーに翻弄《ほんろう》されるわたしを見て、ナタリーさんが微《かす》かに笑みを浮かべる。

どうやら緊張が少し解けてきたらしい。

「その辺については、道中で話してくれ。早く出ねぇと、俺は生きた心地がしないぜ」

「あ、そうだね」

ロニーの言う通りなので、わたしは先導するように部屋を出る。

周囲を確認しても、人影はない。

「――観竜方陣《カルプロール》」

ついでに生命を感知する術を使って周辺を探ってみた。

この術は生命の所在を探知するだけしかできないので、どこになにがいるかまでは分からない。

それでも、どこに生物がいるかくらいは分かるので、近くに敵がいないことは把握できた。

「近くにはいないね」

「分かるのか？」

「まぁね」

この術は魔術ではないので、わたしがなにをしたのかロニーには把握できなかったらしい。

それでも余計なことを聞かず、結果だけを尋ねる辺り、場慣れしている気がする。

「中庭の奥の方で二十体くらい生命反応があるんだけど？」

「それがバイコーンだな」

「うん、近付かないようにしよう」

今はエミリーとナタリーさんという戦えない人が一緒だ。数の多い敵とは戦いたくない。あ、ディアも一緒だった。

地下から階段を上り、砦の外を目指して移動する。その途中でこちらに向かってくる生命を感知した。こういった屋内では観竜方陣《カルプローール》は非常に便利な術である。

「止まって、誰か来る」

「えっ」

エミリーが驚いた声と一緒にわたしの腕を強く摑む。あまりに強く摑みすぎて、わたしの腕に爪《つめ》が食い込んでいた。

「いたたた。エミリーちゃん、大丈夫だよ。わたしもいるし、ゴエティアもいるから」

わたしたちは少し戻って、通路の角で待ち伏せることにした。

ついでに少しだけ、エミリーに手伝ってもらうことにする。

わたしの潜む角に海賊が近付いてきたタイミングで、少し離れた場所に控えてもらったエミリーに顔を出してもらう。

タイミングはゴエティアにまかせておいた。

突然通路に飛び出してきたエミリーを見た海賊が、驚きの声を上げる。

「このガキ、どうやって逃げ出しやがった⁉」

怒りと焦《あせ》りの声を上げて彼女めがけて走り出す。エミリーも海賊から逃げるように反対側へ逃げ出した。

海賊が通路の角を通過する瞬間、わたしが横合いからフライパンを叩きつけた。

パカンと甲高《かんだか》い音を立てて顔面に命中し、海賊は鼻血を出して昏倒《こんとう》する。

「よしよし」

「怖かったぁ」

「エミリーちゃん、ナイス囮」

「もうやらないからね！」

「まぁまぁ」

プゥッと頬《ほお》を膨らませるエミリーに、わたしはご機嫌取りに頭を撫《な》でてあげる。

そんなわたしを見て、ディアは少し不思議そうに質問してきた。

「ティスピン、武器ってそのフライパンだけ？」

「そうですよ？」

「山刀とか、持ってたよね？　二本も」

「なんで知ってるんです？　それは壊されましたけど。ゴエティアに」

「その件については何度も謝罪しているだろう」

「ちょっとした嫌がらせだよ？」

なぜディアがわたしの山刀のことを知っているのか分からないが、彼女のことだからと無理やり納得させる。

今はそれを追及する時間もないのだから。

「ティスピン、そのフライパンではさすがにアレだから、これを使って」

そう言うと、ディアは占い師風の衣装の懐から、山刀を一本取り出した。

刃渡りが四十センチを超える大振りな山刀で、どこにそんな巨大な刃物が入っていたのかと不思議に思う。

もはやショートソードと言ってもおかしくないサイズだ。

「どっから出したの、これ」

「いや、今はそれどころじゃないから、気にしない」

「あなたがそれを言う……まぁいいけど」

「その山刀は、いずれあなたが手に入れる武器……の複製品」

「はぃ？」

「いずれ手に入るものだから、今入ってもいいってことで」

意味が分からないことを言うディアに、わたしは盛大に首を傾《かし》げる。

「その山刀は竜輝石《カーバンクル》に反応して、本質を具現化させて刀身に纏わせることができる」

「かーばんくる？」

「ドラゴンとかが体内に持つ力の源泉の石のこと」

「そんなのわたし持ってないよ?」

「そこは気にしたらダメ。力を発揮させたい時は竜威顕現《ドラグノスグラディス》って言って」

「ドラグノ……ん、まぁ分かった」

わたしの返事に少し微笑《ほほえ》みを浮かべて頷《うなず》くディア。

その仕草《しぐさ》はわたしから見ても美しい。が、見惚《みほ》れている時間はなかった。

「おい、こちらに人が集まってきているぞ。どうやら門番がいないことがバレたようだ」

「え、もう?」

警戒の声を上げたのはゴエティア。彼は精霊王なので、周辺の精霊から情報を集めることができるらしい。

門番の二人は衣服で縛り上げた後、近場に放り出したままだった。

ひょっとしたら、なんとか抜け出して知らせに戻ったのかもしれない。

もしくは、運悪く交代の時間だったかも?

ともあれ、あまり長居はできないことは確かだ。

「海賊が集まるまでに、一気に中庭を駆け抜けて砦を抜け出します。走れますか?」

一気に駆け抜けるべきと判断し、ディアとナタリーさんに確認を取る。

エミリーが元気なのは最初に確認していたが、彼女たちに関してはまだ確認していなかったからだ。

「私は大丈夫よ。乱暴はされなかったから」

「海賊にしては紳士的でしたね」

「ディアさんが注意を逸らせてくれたから」

エミリーが一緒だったせいで抵抗できなかったのだろうけど、それが今は功を奏している。

ついでにディアにも視線を向けてみる。

「私はあまり走れない。こんな服装だし」

「脱いで」

「ティスピンはときおり容赦ない」

「それが嫌なら走りやすいように裾《すそ》を切ってください」

ずるずるした占い師っぽい服装では、確かに走りにくいだろう。

だけど今は、それに付き合ってあげる余裕はない。

「しかたない。私の美脚を披露しましょう」

言いながらも服の裾を裂き、動きやすい格好になる。なんというか、余裕持ちすぎではなかろうか？

案の定、ディアの剝《む》き出しになった足にロニーの視線が引き寄せられている。

「ロニー？」

「うげっ、勘弁してくれよ」

わたしはロニーの腰に肘鉄《ひじてつ》を入れる。ラキならこんな視線を向けないのに、だらしない。

もっとも、種族が違うのだから、それも当然かと思い返す。

「ほら、先に行くよ」

「おい、置いていかないでくれよ！」

わたしが先導し、それにゴエティアとエミリー、ナタリーさんとディアがついてくる。

一歩遅れたロニーがその後についてきた。

砦を出たところで、中庭の奥から数名の海賊がこちらに駆けてくるのが見えた。

「まずい、急いで！」

「うひゃあぁぁぁ」

「うわぁん、もうヤだよぉ」

エミリーが泣きながら、ディアと走り出す。わたしは彼女たちが追いつかれないように、その後ろについた。

「ゴエティア、足止めして」

「承知」

ロニーが駆け抜けた後でゴエティアが腕を一振りする。

直後、炎の壁が立ちはだかって、海賊の行く手を阻《はば》んだ。

その隙にわたしたちは砦の門に辿り着き、通用門を駆け抜けた。

「扉、どうにか閉めないと」

追っ手を撒《ま》くには、扉を塞《ふさ》いでしまうのが一番早い。

しかし砦の扉は内側からしか鍵がかからない構造になっている。

外開きの扉のため、なにかで塞げればいいんだけど。

「ティスピン、そこどいて」

そこにディアの声がかけられ、わたしは反射的にその場から飛び退《すさ》る。

すると扉の前に巨大な岩が突然現れ、出入り口を塞いでしまった。

その大きさは通用門だけでなく、正門の方も塞いでしまっているくらい、大きい。

「ええっ、どこから⁉」

「作りました」

「どうやって！　ありえないサイズなんだけど⁉」

澄ました顔でわたしの質問を受け流すディア。水を作り出す魔術があるんだから、土や岩を作る魔術があってもおかしくないとは思うが、これほど巨大な岩の魔術はわたしも知らない。

お伽話《とぎばなし》なんかで出てくる魔法使い（魔術師ではなく）が使っているのを、本で見たくらいだ。

「ディアって、ひょっとして、すごい精霊魔術師だったりする？」

「違います。それより、ほら、早く逃げる」

「わっ、とと」

まるで誤魔化《ごまか》すように、ディアはわたしの腕を取って走り出す。その速度は意外にも、ロニーやゴエティアより速かった。

砦の塀の上に海賊が数名現れ、こちらに向けて弓を構えてきた。

しかしこの深い森の中では射線を取ることもできず、またゴエティアの魔術による反撃を受け、数本矢を射かけただけで諦《あきら》めてしまう。

どうにか逃げ切ったと判断し、わたしたちはようやく足を止めた。

「たぶん、また追ってくると思うけど、今は一息吐かなきゃ」

「そ、そうしてくれると、助かるわ」

慣れない森の中を走らされ、エミリーはともかくナタリーさんが限界に達していた。

服が汚れるのも気にせず地べたにへたり込み、荒く息を吐いている。

この様子では、この先走って逃げ切るのは難しそうだ。

「ロニー、ナタリーおばさんを背負って走れる?」

「あ？　俺が背負ってほしいくらいだけど」

「商人なのに貧弱すぎ」

「なにおぅ!?」

この中でナタリーさんの次にへばっているのは、実はロニーだった。

考えてみれば、街から森まで数キロを走り続け、休みなくわたしと救出活動してきたのだから、疲れていても無理はない。

　わたしとロニーのやり取りを聞いて、ナタリーさんはふわりと笑みを浮かべた後、顔を引き締め、申し訳なさそうに謝罪する。

「ごめんなさいね。わたしが頼りないばっかりに」

「しかたないよ。むしろエミリーちゃんがよくついてこれてるって驚いてる」

「ティスピンちゃんは元気なのね」

「田舎《いなか》育ちだから、慣れてるんだ」

　ナタリーさんを安心させるように自慢げに胸を張る。ドヤ顔までして安心させようとするわたしの頭に、ゴエティアが手刀を落とす。

「いったぁ⁉」

「それよりこの先どうするか決めろ」

「むぅ……」

　わたしの扱いに不服はあるが、ゴエティアの言うことも一理ある。

　長くここで休んでいるわけにはいかない。いつ、海賊が追いついてくるか分からなかった。ましてや、連中はバイコーンを飼い慣らしている。あの機動力を活用できるのなら、わたしたちにはあまり時間が残されていない。

「隠れるか、逃げるか……」

「もしくは戦うかだ。森を抜ければ平原だ。あっという間に追いつかれることになるぞ」

「でも戦っても勝ち目はないよ」

敵の数が多い。対してこちらは、守らねばならない人が多い。

わたしとゴエティアは戦えるけど、他《ほか》の四人は戦えない。四人を守りながら十数人の海賊と二十頭のバイコーンの相手なんて、わたしにはできない。

いや、できなくもないが、その場合はこの近辺が吹き飛んでしまう。

手段はいくつかあるが、滅竜撃咆《カルバリン》など派手な術を使うと、その出所を疑われてしまう可能性があった。

ラキの正体があれなだけに、不要な疑問を持たれるのは避けたい。

「我一人で突貫してくるという手もあるぞ」

「それでもかまわないけど、うーん？」

その場合はわたし一人で四人を守らねばならない。ゴエティアが取り逃した敵を相手に、わたし一人で四人を守るのは不可能だ。

「ここは安全に隠れて時間稼ぎをしよう」

「だ、大丈夫なの？　少しでも町に近付いた方が？」

「ここに来る前に、ロニーに騎士団に情報を流してもらっています。それにもう少しすれば、ラキとスピカさんが来てくれる」

不安に震えるナタリーさんを安心させるため、わたしは諭すように状況を説明した。

「騎士団は軍隊だから、もう少し時間がかかるかもしれないけど、ラキとスピカさんが来てくれれば、逃げ切ることもできますから」

「確かにラキさんはすごく強かったけど……」

ラキの強さを一度だけ目にしているナタリーさんは、少しだけ希望を持てたようだ。

それでも不安が隠せていないのは、エミリーが一緒にいるからだろう。

子供を連れているからこそ、一刻も早く安全な場所に向かいたい。そんな心境からの言葉だ。

「ゴエティアもそれなりに腕は立ちますよ。それにロニーも――」

「おう、まかせろ」

「――囮くらいにはできます」

「囮かよぉ⁉」

がっくりと地面に手をついて嘆《なげ》くロニーだが、彼の反応のおかげでナタリーさんの緊張は解けている。

それだけでも、彼の存在には意味があった。

「大丈夫です。わたし、森の中には慣れてますから。最近棲みついたばかりの海賊なんかに、かくれんぼで負けたりしませんよ」

安心させるように笑みを浮かべる。その時、わたしの肩をゴエティアが叩く。

「雑談はそこまでだ。誰か来たぞ」

「――ラキ？」

「違うな。二十ほどの騎馬の足音だ」

騎馬と聞いて、わたしの身体《からだ》に緊張が走る。二十というとバイコーンの数と同じだ。

もう追いついてきたのかと緊張するわたしに、今度はディアが肩に手を置いてきた。

「大丈夫。これは味方」

「味方？　まさか騎士団？」

「はい。ライオネルさんもいらっしゃったみたいですね」

「ライオネルが⁉」

「お父さんが来てるの？」

その言葉に敏感に反応したのは、やはりエミリーとナタリーさんだった。

パッと喜色を浮かべてディアに迫る様子に、先ほどまでの緊張感は欠片《かけら》もない。

ライオネルさん、愛されてるね。

「ええ。ほら、あそこです」

ディアが森の先を指さすと、そこにいくつかの明かりが見えた。馬蹄の音もわたしにも聞こえてくる。

「おとーさん！」

「ちょ、エミリーちゃん⁉」

明かりに向かって駆け出していくエミリー。まだ味方と確定したわけではないのに、非常に危ない行為だ。

わたしはその危険を考えて、彼女を守るべく後を追う。

しかしわたしの心配は杞憂《きゆう》だったようで、ディアの言う通り本当に騎士団が到着していた。

「エミリー⁉　エミリーなのかい？」

「うん、お母さんもいるよ！」

慌てて下馬し、エミリーを抱きとめるライオネルさん。

その顔には歓喜と困惑が入り混じっていた。

そりゃ、こんな場所で助けに来た娘と再会できたのだから、困惑もするだろう。

「あなた！」

「ナタリー、無事だったのか」

「ええ。ティスピンちゃんに助けてもらったのよ」

震える足を鞭《むち》打ってやってきたナタリーさんが、わたしを示してそう告げる。そこで初めてわたしに気付いたように、こちらに視線を向けてきた。

「えっと、君が助けてくれたのかい？」

「はい。あとロニーとゴエティアも」

のんびりと歩いてきたロニーとゴエティア、それにディアにも視線を向ける。

彼らが海賊ではないと判断したのか、ライオネルさんは深々と一礼した。

「妻と娘を助けてくれて、心より感謝します」

「いや、我は主の命に従ったのみ」

「主?」

「ティスピンのことだ」

「あ、そうなのですね」

なにか理由があるのだろうと考えたのか、深く追及することなくライオネルさんは会話を切り上げた。

次にわたしに向けても一礼する。

「まさか海賊のアジトを君の方が先に突き止めるとはね。ありがとう」

「運よくロニーが海賊と取引したことがあったから」

「ロニーとは、こちらの?」

「旅商人のロニーと申します。よろしく」

にこやかに愛想《あいそ》よくライオネルに握手を求めるロニー。その態度にはあからさまに、軍の主計科とお友達になりたいという下心が表れていた。

わたしにも理解できるくらいなのだから、もちろんライオネルさんもそれを察していた。

「ず、ずいぶんと正直な方ですね」

「ハハハ、下心などありませんよ」

「そういうことにしときましょう。家族を助けてくれて、ありがとうございます」

「いえいえ」

愛想笑いを浮かべるロニーを横に押しのけ、わたしはライオネルさんに話を聞く。

「それにしても、ずいぶんと到着が早かったみたいですけど」

「ああ。足の速い騎兵を掻き集めて先遣部隊としてやってきたんだ。先行偵察という名目で」

「それで……。おかげで助かりました」

軍隊が動くとなると、食糧や兵士の招集など、非常に時間がかかる。

そこで輜重《しちょう》やら兵数やらも考えず、とりあえず足の速い騎兵のみで駆けつけてきたのが、ここにいる者たちらしい。

とはいえ二十名ではバイコーンの群れ相手には物足りないが、今なら逃げることができるだろう。

「今は海賊の足止めをしていますけど、すぐ追いついてくると思います。早く逃げないと」

「連中はバイコーンを二十頭も飼い慣らしています。この人数では厳しいかと」

わたしが海賊の足止めを告げると、ロニーもバイコーンの存在を知らせる。

手早く状況を知らせると、騎士団の指揮官らしき人が戦慄《せんりつ》した顔をする。

「バイコーンが二十頭だと？　そういえば、最近町の近辺で目撃されたという報告があったな」

「ウィーザン隊長、この数では少し分が悪いです。ここは慎重を期して後退すべきかと」

「しかし、ひと当てすらせず撤退というのも……」

「民間人を保護しているのです。どうか賢明な判断を」

隊長とライオネルさんが激しく言い合う。その時、背後でメキメキと木の裂ける音が聞こえてきた。

その音を聞きつけたゴエティアが背後を振り返る。

「ティスピン。どうやら連中、扉をバイコーンの突進で突き破ったようだ」

「塞いでいた岩は？」

「その勢いで押し倒されたようだな」

広い中庭とバイコーンの突進力があれば、扉を突き破ることはたやすい。しかし、その向こうにあった岩まで押し退けるとは、なんて無茶な。

「すでにこちらに気付いているようだな」

騎士団は進軍のために、明かりを盛大に灯して進んできている。こちらに気付いても、おかしくはない。

隊長はそれを聞いて緊迫した声を上げる。

「総員、戦闘態勢！　下馬して槍を構え、敵を防げ。バイコーン相手では、機動力で対抗できん。この場で足を止めて迎撃するぞ！」

騎兵であるならば、その機動力を活かすのは本道である。

しかし相手はバイコーンを使役している。その機動力は騎馬を超える。

ならば騎兵の売りである機動力勝負に持ち込んでも、じり貧になるだけだ。

その判断を瞬時に下しただけ、この隊長は有能なのかもしれなかった。

「槍と盾《たて》を構えろ。槍兵の動きは覚えているな!?」

「ハッ！」

騎乗用の槍の石突を地面に押し当て、足で踏みつけて固定する。

その槍を前方に突き出すことで、騎兵の突進に備える。これが対騎兵用の歩兵槍の基本戦術だ。もっとも、騎乗槍なので、少々長さが足りていない。

騎士たちは槍兵の姿を正確に模倣し、バイコーンに備えていた。

それから一分もしないうちに、バイコーンに乗った海賊たちが殺到してきた。

「てめぇら、よくもやってくれたなぁ！」

「ぶっ殺してやらぁ！」

門を岩で塞がれたのが屈辱だったのか、みんな怒りの形相でこちらに突っ込んできた。

バイコーンに跨《またが》り、曲刀を振りかざして襲い掛かってくる海賊たち。

森の中でこちらが槍を構えていることが見えなかったのだろうか？　彼らは勢いを落とさず

そのまま突進してくる。

槍の存在に気付いた時にはもう遅く、彼らは武器のリーチの差で槍に貫かれていくが、バイコーンの突進はそれで止まらない。

上の海賊が貫かれても怯《ひる》むことなく、その角を騎士たちに突き立てていく。

しかし騎士たちは盾を構えていてその角を受け止めていた。

問題は、角が盾よりも強度が高く、盾を貫いて騎士たちにダメージを与えていく。

「こらえろ！　ライオネル殿は民間人を連れて後ろへ！」

「はい！　ナタリー、エミリーはこっちへ」

「は、はい！」

「おとーさん!?」

慌ててナタリーさんとエミリーがそちらに向かおうとする。その動きが海賊の注意を引いた。

「おらあああぁぁぁぁっ！」

泡を吹いて曲刀を振り上げ襲い掛かる海賊。その攻撃意思を汲み取ってか、バイコーンも頭を下げて突撃していく。

曲刀と角の二段攻撃。それがエミリーに襲い掛かった。

「エミリー!?　竜気纏粧《ドラゴノート》、竜眼顕現《ヴォラク》！」

わたしは反射的にその進路上に割り込み、ドラゴンの技を起動させる。

身体能力を強化する竜気纏粧《ドラゴノート》に、神経系の強化をする竜眼顕現《ヴォラク》。この二つを合わせて使うことで、バイコーンの動きがまるでスローモーションのように見える。

突進してくる角を、わたしは正面から摑んで受け止めた。

勢いに圧《お》され、ずるずると後退しつつもバイコーンの突進を受け切る。

受け止めきれず多少お腹《なか》に刺さってしまったけど、大きな傷ではない。

乗っていた海賊もバイコーンの急停止に耐え切れず、前方に一回転して放り出され、地面に叩きつけられていた。

「うっ、ぐぅぅ――」

苦痛に耐えつつ、バイコーンの動きを止める。そこへゴエティアの炎が襲い掛かり、バイコーンの顔面を焼いた。

このダメージにバイコーンは怯んで突進をやめ、その隙をついてロニーがわたしが持っていたフライパンでバイコーンの横面を殴りつけた。

「んなろぉ！　おとなしくしやがれ！」

「グヒヒィィイン！」

完全に不意を突かれた炎と打撃に、バイコーンは顔を振り上げて逃れようとする。

わたしはバイコーンの身体に、引き抜いた山刀を突き立てる。

しかし分厚い筋肉と脂肪が山刀の刃を防ぎ、致命傷には至らない。

そもそも、山刀の刃ではバイコーンの身体は大きすぎて致命傷を与えられない。

騎士や戦士が大きな武器を持つのは理由がある。一撃で内臓まで届く打撃を与えるには、相応の刃渡りが必要になるのだ。

残念ながら、いくら切れ味の良い山刀とはいえ、体格差の前には致命傷が与えられずにいた。

「こん、のぉ！」

さらにとどめを刺すべく、より深く山刀を捻《ね》じ込む。だが前方から差し込んだことが裏目に出て、重要器官までは届かない。

そこでわたしはディアの言葉を思い出し、その力を顕現《けんげん》させるという言葉を解き放つ。

「――竜威顕現《ドラグノスグラディス》!!」

すると身体から術を使う時に使う力がスッと抜けて、刀身に流れ込んでいく感触があった。

刀身が黒い靄《もや》に覆われ、新たな刀身を作り上げていく。

黒い靄の刀身はまるで空気のようにバイコーンの身体を斬り裂き、両断する。

「これは……そうだ、エミリーちゃん!?」

まるで手に残らないに感触と斬れ味に、わたしは一瞬唖然《あぜん》とする。しかし今は戦闘の真っただ中と思い返し、背後のエミリーと周囲の状況を確かめた。

周囲を見ると、完全に乱戦状態になってしまっている。

エミリーは、ライオネルが剣を抜いて守っている様子が確認できる。

その背後ではナタリーさんがエミリーを抱きしめ、身を挺《てい》して守ろうとしていた。

「おい、こいつら騎士だぞ！」

「んだとぉ!?　アジトを嗅《か》ぎつけられたのか？」

「かまうこたぁねぇ！　こいつらを皆殺しにしちまえば、あとはどうとでもなる！」

ようやく相手が騎士ということに気付いたのか、一瞬の狼狽《ろうばい》を見せる海賊だが、すぐに開き直って攻撃を再開する。

「陣形を崩すな！　足を止めれば大した相手ではない！」

隊長の声が響き騎士たちが気合の篭《こも》った声を返す。しかし状況は隊長の言うほど良い状況ではない。

騎士たちは二十人程度、海賊はそれより五人ほど少ない。

数の上では優位にあると思われるが、バイコーンの存在が邪魔になっていた。

騎馬としても使われ、同時に単体でも戦闘力のある魔獣。それが二十体。

乱戦になったため、その戦闘力は存分に発揮できないが、それでも騎士が下りたらなにもできない騎馬との差は歴然である。

「数が……多いっ！」

ここでわたしは、自分の失態に歯噛《はが》みした。この状況はわたしが海賊を甘く見たことから招いた状況である。

砦から逃げ出した後、距離を取るよりも、そのまま滅竜撃砲《カルバリン》で砦ごと吹き飛ばせばよかったのだ。

変にその力を隠そうと、出し惜しみした結果がこの有様だ。

きっとラキたちが心配していた『わたしの経験の浅さ』というのは、こういうことだったのだろう。

わたし自身にとって、この状況はまったく危険ではない。バイコーンも海賊も、わたしの敵足り得ない。

しかしわたしの油断で、エミリーたちの命が危険に晒《さら》されている。

どうにかエミリーたちの元に向かおうと、わたしは海賊たちに背を向ける。

「なんて、失態！」

一刻も早く彼女の元に向かおうとしたが故《ゆえ》の判断だけど、それがバイコーンたちにとっては大きな隙となった。

離れる動きは彼らに突進のスペースを与える結果となり、わたしは背後を突かれる形になる。

「ティスピンちゃん！」

わたしはこの状況を想定していた。突進に対応すべく反転して山刀を振るおうとする。

しかし、想定していなかった動きを取る者もいた。

母親の腕から抜け出したエミリーが、わたしを守るべく前に飛び出してきた。

わたしを守りたいだけの、衝動による暴挙。自分の命すら顧みない彼女の友情に、涙すら出そうになる。

――しかしそれは、あまりにも無謀。

外から見れば、子供二人がバイコーン相手に抱き合って身を守ろうとしているように見えただろう。

「エミリー！」

ナタリーさんの悲鳴がスローモーションのように聞こえてくる。このままだと、二人とも串刺しにされてしまう。そんな未来を予想したに違いない。

反射的にエミリーの首根っこを摑んで引き戻して背後にかばい、バイコーンの突進を正面から受け止めた。

竜気纏粧《ドラゴノート》による身体強化の結果、突進自体は平然と受け止めることができる。

問題があったとすれば、わたしの体重が軽かったことだろう。

バイコーンは受け止められた首を大きく振り上げ、わたしを振り払おうとした。

わたしの弱点を一つ上げるとすれば、それは体重の軽さになるだろう。

体格が小さく軽いわたしがどれだけ踏ん張っても、わたしの体重以上の力を下から上に向けられると身体が浮いてしまう。

振り上げられたバイコーンの角によって、わたしの体は為《な》す術《すべ》もなく宙を舞った。

「う、わわわわわっ！」

「ティスピンちゃん⁉」

狭い森の中を十数メートル宙を舞い、繁みの中に墜落する。

大怪我《おおけが》を負ってもおかしくない勢いだったが、竜気纏粧《ドラゴノート》で身体が強化されているため、掠《かす》り傷一つついていない。

「エミリー、離れないで！」

「で、でも！」

繁みで視界が奪われているが、離れた場所でエミリーの悲鳴のような声が聞こえてくる。

この乱戦では、彼女もいつまで無事でいられるか分からない。

一刻も早く、状況を収めないと。

そこまで考えて、わたしは今の状況は好都合なのではないかと思いついた。

わたしは吹っ飛ばされて誰の視界にも入っていない繁みの中。

ここならば、容赦なく切り札の一つを解き放つことができる。

あの技はあまりにも派手すぎて、人前では大っぴらに使えない技だ。だからこそ、こんな場面では効果がある。

「……邪竜降臨《レクストラキア》」

体内にある竜気を限界まで絞り出し、肉体を覆う。

わたしの肉体はその竜気に反応し、物理的にありえない黒い光を放ち、膨れ上がる。

ミシミシと軋《きし》む身体。数分とも数秒とも思える時間。しかし一瞬後にはわたしの身体は周辺の木々よりも大きく膨れ上がった。

「オオオオオオオオオォォォォォォォォォォォォォォ!!」

喉から迸《ほとばし》る咆哮《ほうこう》を、そのまま空へ解き放つ。

雄叫《おたけ》びは物理的な振動すら伴って響き渡り、大半の騎士と海賊たちがその場にへたり込んだ。

わたしの肉体は、ラキを小さくしたような漆黒のドラゴンへと変化していた。

これがわたしの持つ切り札の一つ。竜体変化の術だ。

なお、術の名前はドラゴンに変身ということで、修得時のわたしが最大限の揶揄《やゆ》を込めて付けたのだけど、まさかラキが本当にその名前の主だったとは思わなかった。

ともあれ、これで肉体の強度は見かけ相応に跳ね上がり、そこらの魔獣程度では傷一つつけられない。

腕力も相応で、一振りで地面を抉《えぐ》り飛ばすことも可能だ。

普通のドラゴンと違うのは、ドラゴン最強の切り札であるブレスを吐けないことくらい。

それでも、この状況を収めるのには役に立つ。

現に、海賊も騎士も、戦うことすらやめてこちらを見上げていた。

「ど、どど、ドラゴンだと!?」

真っ先に立ち直り、驚愕《きょうがく》の声を上げたのはウィーザン隊長だった。

「総員、退却準備！　一般人を守って後退しろ！」

「あ、あああっ⁉　なんだよ、なんでこんなところにドラゴンが⁉」

「どこから出てきたんだ、逃げろ！　逃げるんだよ！」

ウィーザン隊長の指揮の声と、海賊の狼狽した言葉が交錯する。

バイコーンを砦へと返そうと手綱を引っ張るが、バイコーンたちは硬直して微動だにしなかった。

突然現れたドラゴンのわたしに、恐怖を覚えて身動きができなくなっているのだろう。

「動け、ほら、さっさと逃げるんだよぉ！」

「ほっとけ！　走って砦まで戻るんだ」

腰を抜かしたバイコーンを置いて、海賊たちが徒歩で砦へ戻ろうとする。

わたしとしては逃がすわけにはいかないので、その行く手を阻むべく足を進めようとする。

しかし足元には騎士たちもいるため、下手に動くことができなかった。

このままでは海賊たちを取り逃がしてしまう。そんな事態が脳裏によぎった時、月明かりが不意に陰った。

まるで夜空が闇《やみ》に切り抜かれたような、漆黒の巨体が舞い降りてくる。

続いて、晴れた空のような巨体が地に降り立ち、海賊の行く手を塞いだ。

ラキとスピカさんがドラゴンの姿で駆けつけてきたのだ。

「ど、ドラゴンが……三頭も……」

ウィーザン隊長が絶望に満ちた声を漏らす。

ドラゴンに囲まれて育ったわたしに実感はなかったが、本来ドラゴンというのは下級種ですら軍隊の出動が必要になるくらい、恐ろしい存在らしい。

それほどまでに、空を飛ぶ、火を噴きかける、鉄より硬い鱗《うろこ》というのは、脅威になっていた。

ただでさえ通常のドラゴンよりも大きな体軀《たいく》のラキとスピカさんは、一目で下級種とは格が違うことが分かる。

そしてわたしも、スピカさんに匹敵《ひってき》する巨大なドラゴンに変身していた。

こうなると、軍人であるウィーザン隊長なら、どれほど絶望的な状況か理解できてしまう。

それでも槍を構え、腰を抜かさず立ちはだかっているのは、大したものだ。

他の騎士たちの中には、完全に戦意を喪失してへたり込んでいる者もいるのだから。

「くっ、騎士隊、ドラゴンを誘導するぞ。非戦闘員を逃がすんだ！」

「隊長、でも……」

「我らの職務を思い出せ！　その剣はなんのためにある⁉」

騎士の職務は、国を、民を守ることが主な任務だ。それをこの局面でも守ろうとする彼は、本当に立派な騎士と言える。

そんな彼の言葉に感心したのか、海賊の前に立ち塞がっていたラキの目が細められた。

しかし、なにかを為すわけでもなく、ただ漫然と目の前の人の群れを睥睨《へいげい》していた。

これはきっとあれだ。ラキも降り立ったはいいがなにをしていいか、悩んでいるのだろう。

大雑把な性格のラキなら、騎士と海賊の区別がつかなくても、わたしは驚かない。

そしてスピカさんも、ラキを監視するのが本来の役目なので、積極的に人の争いに関与しようとはしない。

今この場で、積極的にこの争いに関与しようと考えているドラゴンは、わたしだけだろう。

わたしは大きく前足を振り上げると、海賊が逃げ込もうとしていた砦めがけて、振り下ろす。

「オオオオオオォォォォォォォォォォッッッ！」

竜気纏粧《ドラゴノート》によって強化された状態で、さらにドラゴンの体軀から繰り出す滅竜撃咆《カルバリン》の上位版――滅竜轟咆《カロネード》という技だ。

ドラゴンに変身してからしか使えない上に威力はけた外れに上昇しているため、砦どころか山一つだって消し飛ばせる。

実際、山賊たちが根城《ねじろ》にしていた砦は、この一撃で粉微塵《こなみじん》にまで粉砕され、その向こうにあった森の半分が吹き飛んでいた。

「…………え？」

逃げ込もうとしていた砦が一瞬で消えてしまった。そんな非常識な光景を目《ま》の当たりにして、海賊たちは揃《そろ》ってぽかんと口を開けて自失する。

　スピカさんはそんな海賊たちの顔を覗《のぞ》き込むように、首を下げて威嚇する。

「グルルルルルゥゥゥゥ」

「ひ、ひぃっ⁉」

　スピカさんが唸《うな》り声を上げると、わざとなのか口元から青白い炎が漏れ出し、周囲の空気を炙《あぶ》る。そんな光景を目にして、海賊たちは揃って腰を抜かしてしまった。

「いったい、なにが起こっているんだ？」

　ウィーザン隊長は一連の流れを見て、茫然《ぼうぜん》と呟《つぶや》くことしかできなかった。

　その気持ちは分からなくもない。海賊の残党との乱戦。突然現れた、わたしというドラゴン。続いて現れた、さらに上位のドラゴン二頭。消し飛ばされる砦。

　あまりにも突拍子もない出来事が続き、理解が追いつかないのだ。

　しかし、わたしたちもここでのんびり彼らが正気に戻るのを待つことはできない。

　ドラゴンの身体はあまりにも目立つ。特にラキは、わたし以上の大きさを持つ巨竜だ。

　その姿はグレンデルの町からでも見えるに違いない。

　あまり長く居座り続けると、町の人がパニックを起こして大惨事になる可能性があった。

　わたしは二人に向けて、早く立ち去るように両手を振り上げて合図を送った。

　海賊たちはそれを見て、追撃を受けるのではないかと戦々恐々としている。

多少愉快な踊りを踊っているかのようなわたしの仕草に、スピカさんは意図を察したのか、その場から飛び立とうと翼を広げる。

しかしラキはそのまま動く気配を見せなかったので、スピカさんから膝に蹴りを受けていた。

その痛みでラキにもわたしの意思が伝わったのか、翼を広げ飛び立っていった。

スピカさんもそれを追って飛び立つ。同時にわたしも、竜化の術を解除した。

「助かった……のか？」

飛び立ったラキたちを眺めつつ、ウィーザン隊長がそう漏らす。

実際、ラキの巨体を前にしたら、そう思ってしまってもしかたないだろう。

なにせあのドラゴン、酔っぱらったお土産《みやげ》にベヒモスという巨獣を持ち帰るくらい、非常識な存在なのだから。

ラキより小さなわたしに怯《おび》えるなんてことは、無いに違いない。うん、きっとそうだ。

わたしはこんなに、小さくて可愛《かわい》いのだから
そう思って自分の姿を見下ろす。

ドラゴンに変身できても、服まで変化するわけではない。

わたしの服はきれいさっぱり吹き飛んでおり、物の見事に素っ裸だった。

「さすがにこの格好で人前に出るのは……ダメだよね」

繁みに隠れたまま、ポツリとそう呟いた。

しかしそんな私を放っておいてくれない人物が一人。言うまでもなくエミリーである。

「ティスピンちゃん、どこ⁉　ケガしてるの？」

ドラゴン襲来のショックから立ち直ると、わたしの近くまで駆け寄ってきて、繁みの中に分け入ってくる。

その健気《けなげ》な姿に感動すら覚えるが、今引っ張り出されるのはマズい。

「へ、平気だから！　ちょっと人前に出れない格好なだけで」

「どういうこと？」

わたしの返事に安心したのか、少し声量を落として近づいてくる。

そしてわたしの状況を悟って、口元を両手で隠して驚いていた。

その仕草はとても可愛いのだけど、できればどうにか手を打ってもらいたいな。

「あの、できれば服かなにか、用意してもらいたいんだ」

「どうして裸なの？」

「えーっと、その……服が枝に引っかかって破れちゃって」

苦し紛《まぎ》れのわたしの言い訳を、エミリーは疑うことなく信じてくれた。

「ちょっと待っててね。お母さんに伝えてくる」

「うん、お願い」

ナタリーさんは何枚かのシャツを重ねて着ていた。

そのうち一枚だけでも貸してもらえれば、わたしの体格ならすっぽりと隠すことができる。

そう安心したのもつかの間、エミリーはわたしの予想外の行動に出た。

「おかーさん、ティスピンちゃんが裸なの！　服貸して！」

「ちょ、声！　声を落としてぇ⁉」

裸という単語にギョッとした顔でこちらに視線を向けてくる騎士たち。

騎士団は男性が大半を占めるため、そういった言葉に反応する気持ちは分かる。

しかし、その視線の先がわたしとなると、話は変わる。

繁みに身体の大半が隠れていたけど、注目を浴びて一気に羞恥心《しゅうちしん》が湧き上がってしまった。

反射的にしゃがみ込んで、繁みの中に身を隠す。

わたしのその仕草に気付いたのか、ナタリーさんが慌ててこちらに駆け寄ってくるのが見えたのだった。

終章 ✦ ドラゴンズロアの魔法使い

Wizard of Dragon's Roar

その後、周囲を調べてみたが、海賊の残党たちの姿は一人もなかった。

バイコーンは完全に腰を抜かしていたため、騎士たちに容易《たやす》く殲滅《せんめつ》されていた。

海賊も抵抗する意思を無くし、全員捕縛されている。

この後、町に連行され、しかるべき裁きを受けるだろう。

事件はすべて一件落着……と思いきや、問題は一つ残っていた。それはディアも一緒に姿を消していたことだ。

「あれ、ディアは？」

彼女の不在に気付いたわたしは、近くにいた騎士に話を聞いた。

いまだ見つからない要救助者がいると聞いて、騎士たちはにわかにざわめきたつ。

「まだ民間人が残っているのか？」

「彼女たちと一緒に逃げ出してきたそうです」

「どこかにいるはずだ、探し出せ！」

騎士たちは剣で草むらを薙《な》ぎ払いつつ捜索を始めた。

それって、もし草むらにディアがいたらぶった切られるんじゃないかと思ったけど、黙っておく。

衛生兵もいるし、多少の怪我《けが》くらいなら治してもらえるだろう。

とはいえ、もともと神出鬼没な人ではあるが、あの乱戦の中で姿を消したのはさすがに心配になる。

幸い、海賊たちと一緒に死体が残されていたということも無かったので、きっと一人で逃げたのだろう。そう思いたい。

一時間以上その場で捜索を続けたが、結局見つけることはできなかった。

「これ以上は……無理か？」

ウィーザン隊長は空を仰《あお》ぎ、そう呟《つぶや》く。その空は、先ほどまでスピカさんとラキがいた空だ。

彼はつまり、再びドラゴンが襲来しないか危惧しているのだろう。

「まぁ、もう来ないと思いますけど」

「そうかもしれん。だが、そうでないかもしれん。民間人を保護している以上、安全には十全に配慮せねばならん」

わたしの言葉に、厳《いか》めしく顔をしかめながらも真面目《まじめ》に答えてくれた。

子供の言葉と侮《あなど》らない彼に、わたしは好感を持つ。

わたしもこっそり観竜方陣《カルプロール》で周辺の生命探査を行ってみたけど、やはり森の中では生命体が多すぎて役に立たない。

この技は洞窟《どうくつ》の中とか、建物の中など、生命体の数が制限される空間でないとあまり役に立たない。

自然豊かな森の中では、そこらの虫や小動物まで感知してしまうので、逆に無意味になってしまうのだ。

「感知した生命体は、全部騎士……かな？」

「ティスピンちゃん、どうかした？」

「んや、なんでもないよ」

わたしの行動を不審に思ったのか、エミリーが近くに寄ってくる。彼女を追うようにナタリーさんとライオネルさんもやってきた。

こうなってしまうと、ドラゴンの技を大っぴらに使うわけにはいかない。

「しかたない。ひょっとしたら先に町に向かったのかもしれんし、我々もグレンデルに帰還する」

「ウィーザン隊長、いいんですか？」

「やむを得ん。ドラゴンが近くにいる以上、一般人を連れてここに長居するわけにはいかぬ」

「それは……はい」

自分の妻子と一緒に捕まっていた女性ということで、ライオネルさんは少しばかり気にかけているようだった。

しかしウィーザン隊長の言う通り、ドラゴンの脅威を目にしたばかりでは、無理に滞在を主張することもできなかった。

「全隊整列。これよりグレンデルに帰投する！」

わたしたちは歩いて帰るのは難しいと考えたのか、騎士の一人に同乗させてもらえた。

エミリーやナタリーさんも同じである。

騎士の馬に乗れたとあって、エミリーは上機嫌だ。おかげで安心できて、周囲の光景を楽しみながら帰れたのである。


グレンデルの町に戻ったわたしたちは、真っ先にウィーザン隊長に事情を聴かれることとなった。

まぁ、海賊の本拠地に一般人が乗り込んでいったのだから、それくらいは当然だろう。

「では、ロニー殿が取引した相手が海賊の疑いがあったと？」

「ええ。最初は海賊と知らなかったもので」

知らなかったとはいえ、海賊と取引した事実があるので、ロニーは緊張した面持《おもも》ちである。

下手をすれば海賊の協力者と見做《みな》される可能性もあっただけに、必死の形相だ。

「別に海賊に食糧を提供しようとか、そんな考えがあったわけじゃないんです」

「ああ、それは分かっている。でないと、ライオネル殿のご家族を救出になんて向かわないだろうからな」

「ご、ご理解いただけて恐縮です」

冷や汗をダラダラ流しながら調書を取られるロニーの姿は少しばかり面白《おもしろ》かった。

横で含み笑いを漏《も》らしていると、今度はわたしの方に流れ矢が飛んできた。

「ティスピン君だったかな？　君は少しお説教が必要だね？」

「うっ、ハイ」

「友達の危機に奮い立つその気概は素晴らしい。しかし子供が危険な場所に、しかも民間人だけで忍び込むのはさすがに褒《ほ》められた行動ではない」

「反省してます……」

しょんぼりと肩を落とすわたしに、今度はロニーがニヤニヤと笑みを浮かべている。

イラついたので彼の向う脛《ずね》に蹴《け》りを一つ入れておく。

体勢が悪いことと、身体強化していないので、ダメージはまったくと言っていいほど無かったけど。

「聞いているかね、二人とも？」

「は、はい」

そんな行動が隊長にもバレ、再び説教が追加されてしまった。

ようやく解放されたところで、ライオネルさんがわたしたちの元へやってきた。

主計科長の彼は、今回の出征に際しての報告書の提出という仕事があったらしい。

「今回は、本当にお世話になりました。このお礼は必ず」

「いや、私も報酬あってのことでしたので」

そう言いつつわたしの方に手を出すロニー。わたしも黙ってそこに魔石を載せてやる。

魔石を入れていた袋は服と一緒に吹っ飛んでいたのだが、頑張って探して回収してきた。

「それが報酬？」

「ええ。この子の実家の近くに結構魔獣がいたらしくて、かなり貯め込んでいるらしいですよ」

「子供相手に……いや、商人なら当然ですか」

「ハハハ、これも仕事ということで、ご容赦《ようしゃ》ください」

悪びれた様子を見せないロニーに、ライオネルさんはなにやら剣呑《けんのん》な視線を向ける。

悪意があるという視線ではなく、悪巧みしているという感じだ。

「ふむ、海賊のアジトを突き止めたことといい、あなたはなかなか耳の良い人のようだ」

「はぃ？」

「今後も情報提供、よろしく頼むよ」

にんまりと悪い笑みを浮かべて、ロニーに握手を求める。

ロニーはなんとも言えない顔でその手を握り返していた。

「ティスピンちゃん、今日はありがとう。またね！」

「うん。また明日」

ブンブンと千切れんばかりに腕を振るエミリーに別れを告げ、その光景に安堵《あんど》する。

せっかくできた友達が無事で、本当に良かったと胸を撫《な》で下ろす。

ライオネルさんがわたしを屋敷まで送ってくれたので、帰り道は警戒する必要がない。

「それじゃ私はこれで。何度も言うけど、きちんと戸締まりするんだよ？」

「はい、送っていただいて、ありがとうございます」

エミリーから今日はラキとスピカさんがいないと聞いていた彼は、心配そうに告げてきた。

だけどわたしは二人がすでに帰ってきていると知っていたので、愛想《あいそ》笑いだけして一礼する。

ようやく戻ってきた屋敷の扉を開け、中に向けて声をかける。

「ただいまー」

「おかえり、ティスピン。怪我は？」

「うん、平気。衛生兵の人に治療してもらったよ」

屋敷には先に戻ってきたラキとスピカさんが待ち構えていた。

開口一番、わたしの怪我を心配するラキ。竜化した段階で傷は完全に塞《ふさ》がってしまったのだけど、やはり気になるらしい。

ペロッとシャツ（エミリーの服を借りてきた）をめくり、お腹《なか》に巻かれた包帯を見せる。

傷自体は深くないのだが、お腹はよく動く場所ということで包帯でガーゼを固定してもらっていた。

衛生兵のような他人ならともかく、この二人に関しては恥ずかしさというものはない。

ラキは最初、わたしの怪我の具合を見て心配して、腹の傷を覗《のぞ》き込むように身体《からだ》を屈《かが》めた。

わたしもラキの意図を察して、包帯とガーゼを外し、ラキに傷の具合を見せる。

いくら家族とはいえ、自分のお腹を間近に差し出すという行為に、少しばかり恥ずかしさを覚えた。

もはや出血すらしていない傷を見て、ラキは安堵の域を漏らす。

「この程度なら、傷跡も残らないな」

「女の子なんだから、傷跡が残らないのは良かったわね。ラキみたいに汚い身体になったら困るもの」

「汚い言うな、毎日身体は洗っている。それに俺《おれ》の身体に傷跡など無い」

いつも通りに軽口を叩き合う二人を見て、わたしはいつもの生活に戻ってきたと、ようやく実感してきた。

やはりこの二人は、こうでないと調子が出ない。

充足感に口元を緩ませた私とは反対に、ラキはわたしの腰を見て険しい顔をしていた。

そこには腰帯に刺した、布に巻かれた山刀があった。

刀身剝《む》き出しでディアから貰《もら》ったので、布を巻いて鞘《さや》の代わりにしていたのだ。

これも騎士たちの目を盗んで、頑張って回収してきたのだ。

「その山刀はどうした？」

「あ、これ？　ディアって占い師がくれたんだ」

正確には『くれる』とは言ってなかった気がする。フライパンを持って殴り込んでいったのを見かねて、渡してくれただけかもしれない。

ただ、本人が行方《ゆくえ》不明になっているのだから、返しようがない。

「すごいよ、これ。ほら、黒い靄《もや》が刀身になるんだ」

山刀の性能を見せびらかすべく、わたしは山刀を引っこ抜いて靄を纏《まと》わせてみせる。

それを見てスピカさんは困ったように天を仰いだ。

ラキはなんだか感情が消えたような顔をしている。

「あらまぁ……なんと言うか、ご愁傷様《しゅうしょうさま》」

「え？　ええ？　どうしたの？」

「ラキ、見せてあげなさいな」

スピカさんの言葉にラキは返事も返さず、その場にがっくりと両手をついて崩れ落ちた。

「な、なに、どうしたの？」

それは、ディアがくれた山刀とまったく同じデザインをしている。柄《つか》の拵《こしら》えまでまったく同じだった。

長さは四十センチくらい。鞘から取り出してみると、二段になった刀身が露《あら》わになった。

そんなラキの様子を見て、スピカさんがラキの懐《ふところ》から一本の山刀を取り出した。

いつも泰然自若《たいぜんじじゃく》で、どこか余裕を感じさせるラキの声とは、大違いの余裕のない声。

ラキから漏れ出す怨嗟《えんさ》の声に、わたしは少し腰が引けた。

「あの野郎……」

そして、竜気を送り込むと黒い靄の剣が作れることまでも同じ。

「これって……」

そこでふと、わたしはディアの言葉を思い出した。

彼女はこう言っていなかったか？　『これはあなたがいずれ手に入れる武器の複製品』と。

「これって、ラキの作ってくれた山刀の複製品だったんだ」

「複製なんて甘っちょろいものじゃない。細部に至るまでまったく同じだろうよ」

多少復活してきたのか、ラキが嚙《か》み締めるように恨《うら》み言を漏らす。

「そうよねぇ。実質同じ物が二本もあることになるわね」

「どういうこと？」

わたしの問いに、ラキは頭を抱えてうなだれる。

「あの野郎。いったいなんのつもりだ！　嫌がらせにもほどがある」

「素直にティスピンちゃんを助けたかっただけじゃない？」

「いくらなんでも、俺の贈り物を真似《まね》るとか、悪質すぎる」

「だから、いったいどういうことなの？」

二人の会話が理解できず、わたしは少し苛立《いらだ》ったような声を上げてしまった。

それにスピカさんが丁寧に答えてくれた。

「ティスピン？　ラキの山刀は、さっきできたばっかりなの」

「さっき？」

「そう。だから複製なんてできるはずがない。そもそも素材からして、普通なら複製なんかできやしない」

「じゃあ、これはいったい……？」

スピカさんやラキが複製できないというのだから、きっとできないほど貴重な素材を使ったに違いない。

だとしたら、わたしの手にある『これ』は、いったいなんなのかという話になる。

「本来存在しないものですら存在させる。そんなことができるのは、一人……じゃないわね、一柱しか知らないわ」

「柱……って、神様の数え方？」

「そう」

「創世神、グローディア。やつが俺の贈り物を真似て、先に渡しやがったんだ」

「え、創世……神？」

言われてわたしはようやく思い出した。

滅界邪竜のラキがここに存在するのなら、ラキと戦った創世神グローディアも存在しているはずだ。

「ディアが、創世神？」

「たぶん、そうね」

「えええええええええぇぇぇぇぇぇぇぇぇぇぇっっっ⁉」

あんな、なんていうか天然な性格してるのに、創世神？

「ウソだぁ」

「ウソじゃないのよ。昔から人を驚かせることに心血を注《そそ》ぐ性格をしていたわ」

「ご丁寧に、竜威顕現《ドラグノスグラディス》の効果までつけてくれやがって。竜語魔法《ドラゴンズロア》を簡単に再現されては、俺の立場というものが無い」

突然飛び出した聞きなれない単語に、わたしはラキに問い返す。

「竜語魔法《ドラゴンズロア》？　この靏って魔法なの？」

「そうよ。というか、ティスピンが使うドラゴン族の技って、全部竜語魔法《ドラゴンズロア》だから」

「ハァ⁉」

「そもそも、人がドラゴンになる技なんて、魔法としか言いようがないだろう？」

「言われてみれば、そうかも？」

考えてみれば、わたしが使うドラゴンの技は、非常に感覚的な使い方をしている。

論理的に術の使い方を解説してみろと言われたら、首を傾《かし》げて『できない』と答えるしかない。

系統立っていない術という点では、魔法と呼べなくもない……かもしれない。

「そもそも精霊は竜気を嫌うからな。お前が竜語魔法《ドラゴンズロア》を使う限り、精霊魔術はまともに使いこなせないだろうな」

唐突にゴエティアが姿を現し、さらに衝撃の事実を告げる。

「じゃあ、わたしが精霊魔術を学んでいるのって、まったくの無駄骨？」

「いや、そんなことはない。知識を得ることは無駄にならんはずだ」

ラキが即座にわたしの言葉を否定してくるが、視線は逸《そ》らされている。

言葉に嘘《うそ》はないのだろうけど、精霊魔術の習得に関しては肯定も否定もしていない。

つまり、知識は得られるが、精霊魔術は習得できない。そうなってしまう可能性が高い。

「なんてこと……わたし、魔法使いだったんだ……」

それはすごく特別なことなのに、同時に精霊魔術師として大成できないと宣言されてしまった。

「とりあえず、グローディアぶっ殺してくる」

「ほどほどにね」

わたしが落ち込んでいる間に、ラキが怒りを隠すことなく屋敷を出ていこうとしていた。

慌《あわ》ててその裾《すそ》に縋《すが》りついて引き留める。

「やめて、世界滅んじゃう！」

「滅界邪竜だからな」

「上手《うま》く言ったつもりかぁ!?」

どうにかラキを引き留めることに成功したが、これでわたしの周りに創世神と滅界邪竜、その腹心の星霊竜《アストラルドラゴン》まで揃《そろ》ってしまったことになる。

わたしの人生、この先いったいどうなってしまうのか、不安でいっぱいになったのだった。

余話 ✦ 男たちの憂鬱

ロニーは緊急の報告を手紙にしたため、それを小さく折り畳む。

小さくたたまれた手紙を、これまた小さな筒に押し込み、厳重に蓋《ふた》をした。

これは伝書鳩などで使われる収納筒で、鳥かごで飼っている鳩に取り付けるための物だ。

そして鳥かごの中から鳩を取り出し、その足に通信用の筒を取り付けた。

「これでよし、後は局長がどう判断するかだな。まぁ、ティスピンの嬢ちゃんに悪いことにならなきゃいいんだが」

早朝、朝日がようやく登ろうとしてる時刻。窓から伝書鳩を飛び立たせる。

鳩は最初、寝ぼけていたのか数秒建物の上を周回していたが、やがて一目散に目的の場所に向かって飛び去っていった。

「チッ、俺《おれ》らしくもない。子供一人に私情を挟むなんざ、らしくもないだろ」

舌打ちをして、軽く頭を振る。開け放った窓を閉め、再び室内が薄暗くなる。

手紙を書いていた灯《あ》かりは残っているが、それだけでは室内を照らしきれていない。

「仕事だ、仕事。つまんねー事件に巻き込まれたかと思ったが、報告する事案ができて良かったじゃねぇか。これで俺の名前を上に売り込めるってもんだ」

ガシガシと頭を掻《か》いて、ベッドへ身を躍らせる。

旅商人の振りをして海賊の様子を調べにグレンデルまでやってきた。

しかしすでに海賊は討伐されており、無駄足を踏むところだった。

外部の商人と言うことで海賊の残党が接触してこなければ、なんの成果も得られずに『北』へ戻らねばならないところだった。

接触を受けたのは、本当に偶然の産物だ。そこへ騎士団の伝手《つて》を持つティスピンが押し掛けてきたのも、さらに偶然。

そしてとどめの偶然は、海賊のアジトに乗り込んだ挙句、ドラゴンの襲来を受けたこと。

いくつもの偶然が重なった結果、重要案件となって報告する事象ができた。

これは彼自身の評価に大きく影響を及ぼすはずである。

その報酬を想像して、頬《ほお》が緩みそうになる。

しかし同時に、生意気で容赦《ようしゃ》のない、美少女であるはずなのに可愛《かわい》げのない少女の姿が脳裏によぎる。

彼女のおかげで騎士団の幹部と面識ができたのは、今後情報を得る上で大きなメリットとなった。同時に妙な子供に懐《なつ》かれたことが、面倒であり……愉《たの》しくもあった。

今夜の騒動は確かに大変だったが、結果として得る物も大きな一夜となった。

海賊の残党がいたことは重要だが、それだけなら結果は変わらない。いずれ討伐されて、殲滅《せんめつ》されていたことだろう。

しかしドラゴンとなると、今後の情勢に影響を与える重大事となる。

「この騒ぎだと……一度、王都の様子も見てこないといけないか？」

ロニーはこの国の王都のある方向、東の壁を睨《にら》みつけて、目を閉じたのだった。

◇◆◇◆◇

ティスピンが自室に下がり、あっさりと眠りに落ちる。

この日の彼女の彼女の活躍は、子供の身体《からだ》では大きな負担になったはずだ。

その安らかな眠りの気配を感じ取り、ラキはひとまず安堵《あんど》の息を漏《も》らす。

そんなラキに、スピカは酒瓶《さかびん》を一つ取り出してきた。

「心配した？」

「そりゃあ、な」

木でできたマグカップに、濁りの混じった酒を注《そそ》いでラキに差し出す。

この酒はラキが作ったもので、ノイマンに納品する酒と同じものだ。

自分で作った酒を差し出され、微妙な顔をしつつも一息に呷《あお》る。

「やはり一味足りんな。プロには及ばんか」

「そんな酒が良いという人もいるじゃない」

「まぁ、人の好みもそれぞれだし」

ノイマンのことを思い出しつつ、ありがたいと思う。ラキ自身、未熟を悟っているだけに、それを売ってくれるという彼には感謝しかない。

「ティスピンの様子は？」

話を逸《そ》らすつもりはなかったが、つい口をついて出たのは彼女の話題だった。

その言葉を受けて、スピカはティスピンの部屋の方に視線を向ける。

「ぐっすり寝てるみたいね。まぁ、彼女の部屋にはゴエティアも入れないし」

「当たり前だ。入ったらコロス」

「変なところで過保護なんだから」

「フン」

拗《す》ねたようにスピカから視線を逸らせ、スピカから酒瓶をひったくってマグカップに注ぐ。

スピカはテーブルの向かいに移動して、不貞腐《ふてくさ》れたようなラキの正面に座り、自分のカップを差し出す。

そのカップを見てラキは不愉快そうに眉《まゆ》を顰《ひそ》めつつも、酒を注いで返した。

その酒を口に運んで、スピカは息を漏らす。

「なによ、悪くないじゃない」

「俺が売りに出す酒だぞ。たとえ一流でなくとも、相応の出来でなければ人前には出さん」

不貞腐れたように返すラキを見つめ、スピカは溜《た》め息を吐《つ》いて問いを放つ。

「情が移った？」

「………なんの話だ？」

疑問で返したラキだったが、明らかに不本意という感情が浮かんでいる。

そんなラキを見つめて、スピカは再び酒杯を口に運ぶ。そして首を左右に振ってラキに否定の言葉を返した。

「最初から分かっていたことでしょうに。あなたは決して無情な神じゃないんだから」

「それは買い被《かぶ》りだな」

「後悔するくらいなら、下手な企《たくら》みなんてしなきゃいいのよ」

「状況の有効活用と言ってくれ」

他者からすれば、要領を得ない会話の応酬。しかし二人はその意図を間違うことなく察していた。

「まぁ、グローディアのやつがちょっかい掛けてきたのは想定外だったがな」

「あの方もあなたを心配して出てきたんじゃないかしら？」

「俺の心配なんて、する必要がないだろう？」

グローディアがいる以上、なにがあってもラキ――レクストラキアが死ぬことはない。

ラキはそれを揶揄《やゆ》して、自嘲《じちょう》のように笑う。

「……肉体は、ね」

「俺の精神を心配しているのか？　残念だが、正常そのものだ」

スピカの言葉を鼻であしらいながら、酒杯を傾けるラキ。

その態度が不満だったのか、スピカはなにも言わず席を立った。

「自覚が有るのか無いのか分からないけれど……今のあなた、泣きそうな顔をしてるわよ」

スピカはそのまま、背後を見ることもなく居間を出て行く。

一人残されたラキは、自分の顔を軽くひと撫《な》でし、舌打ち一つ打ってから、酒を飲み干したのだった。

あとがき

ＧＡ文庫では初めましして。他社でご存じの方はお久しぶりになります。鏑木《かぶらぎ》ハルカです。

今回、ＧＡ文庫様に見出していただき、こちらでも出版させていただくことになりました。

今作『ドラゴンズロアの魔法使い』は、第15回ＧＡ文庫大賞の銀賞受賞作となります。

この作品の出版に際して尽力していただいた皆様には、最大の感謝を申し上げます。

応募しようとしたきっかけとしましては、私個人の自信の無さ最大の理由となります。

私はＷｅｂでの活動がメインであり、これまでの出版作はすべてＷｅｂでの作品をコンテストに出した物ばかりになります。

それはもちろんありがたいことですが、ここでふと不安が過《よ》ぎりました。私は一般公募で通用するのだろうか、と。

そう思い立って14回に応募したのですが、これがもう見事な爆散で、『やはりダメなのか？』と自信を失ったくらいです。

しかし今度は反骨神が沸き上がり、読みやすさを重視して再挑戦したところ、なんとか受賞に漕ぎつけることができました。

本作を目にかけていただいた審査員の皆様には感謝の言葉もございません。

GA文庫様と言えば、ポリフォニカシリーズの頃から楽しませていただいた、今一番勢いのあるレーベル。

そこに拙作が名を連ねることができ、感動と同時に身が引き締まる思いです。

今後もできるだけ早く、より長く皆様に作品をお届けできるよう、切磋琢磨する所存です。

最後に、この作品の出版に際し、尽力してくださった担当様、この作品を選んでくれた審査員様に感謝を。

そして、素敵で可愛らしいティスピンのイラストを提供してくださった和狸ナオ先生と、推薦文を書いてくださいましたサトウとシオ先生に五体投地で感謝の意を捧げたいと思います。

この作品にどこかサトウ先生のテイストが残っているのは、執筆中にアニメ『たとえばラストダンジョン前の村の少年が序盤の街で暮らすような物語』を見ていたからに違いありません。

大勢の方に支えられ、この作品を世に出すことができて、私は本当に幸運です。

それでは、２巻で再びお会いしましょう。


鏑木ハルカ。

ファンレター、作品の
ご感想をお待ちしています

〈あて先〉

〒106－0032
東京都港区六本木2－4－5
ＳＢクリエイティブ(株)
GA文庫編集部 気付

「鏑木ハルカ先生」係
「和狸ナオ先生」係

本書に関するご意見・ご感想は
右の QR コードよりお寄せください。

※アクセスの際や登録時に発生する通信費等はご負担ください。

https://ga.sbcr.jp/

ドラゴンズロアの魔法使い
～竜に育てられた女の子～

発　行　　2023年7月31日 初版第一刷発行
著　者　　鏑木ハルカ
発行人　　小川　淳

発行所　　SBクリエイティブ株式会社
〒106－0032
東京都港区六本木2－4－5
電話　03－5549－1201
03－5549－1167（編集）

装　丁　　AFTERGLOW

印刷・製本　中央精版印刷株式会社

ISBN978-4-8156-2147-6
Printed in Japan　　GA文庫